心里满了，就从口中溢出

谁能 看见 前面

有 梦 可 想

黄晓丹 著

中信出版集团 | 北京

目　录

行 思

怎 么 会 孤 独 呢

你必须首先出发，然后才能遇见旅伴。

人生如此短暂和偶然，你必须去做你想做的事，成为
你想成为的人。

十 年

十年了。

十年前的今天，我正垂头丧气地等待最后的审判。谁知迈过高考灰色的大门，一个从未有过的自由美妙且充满谜题的世界呈现在我眼前。十八到二十八岁，这十年是如此漫长，我去过那么多地方，见过那么多人，改变过那么多想法，经历了那么多的相聚和离别，仿佛我在里面已经走尽了人生，但我竟还如此年轻。

我对着镜子。花了十年的时间，我终于长成了我想要的样子。

十八岁的时候，我常常在宿舍熄灯前与卫生间镜子里的那个人对视。我的同学并不知道，我其实不是在观察我的痘痘，不是在端详我的睫毛有多长，也不是在审视我的眼睛是大还是小。我看着那个人，有时觉得是一个成人的灵魂藏在了儿童的身体里，有时又觉得儿童似的羞怯的目光从成人般严肃的表情中透出来 —— 那个人就是我吗？

　　回想在大学的前两年，我如此不喜欢镜子里的自己。这种情绪并非来自某些现实因素，而仅仅因为太漫长的中小学时代对人格的禁锢。那时我难以接受自己身上表现出的高中生习气和女性气质的混杂，不敢轻松自由地表达自己的情感和情绪。那时我甚至不知道最适合我的衣服什么样，成天穿着硬硬的衬衫。

　　十年后的今天，我站在镜子前，面对镜子中的那个人，内心安然——她就是我。不，没有她，只有我。那道灵魂与肉体、希望与现实之间的裂痕终于因成长而愈合了。与十八岁时相比，我的身材和相貌几乎没有变化，只是十八岁时镜子里看到的那种尴尬的神色与惊怯的目光变得柔和了。我想起十八岁时镜子里的景象，那就像是一个灵魂要穿透她的肉体。用了十年的时间，它终于走完了这段路程。

　　在二十一二岁，我开始获得了一种从少年走向成年的解放。我记得那么多猛烈的春天，风很大，风吹过我的面颊、头发，穿过我的衣袖、裙摆、前胸和后背。我成了一个表情自然、可以握住别人的手和直视别人眼睛的人。我找到了我喜欢的颜色：茶色、蓝色和白色。我找到了我喜欢的味道：柠檬和香樟。我把这些颜色和味道穿在身上，在我去见一个心爱的人时，去考一场重要的试时，去买一本美好的书时。

从那时开始，每年都有几次，当着最美的人与最美的天气，我会对自己说"这是最好的时候"，试图把自己完完全全地投入到这个时刻中去 —— 在西南联大从军学生纪念碑前，在初试一条恰当年华的裙子时，在收到久等的录取信时，在夏日傍晚蠡湖边骑行时 —— 其中大部分时刻，已经永远地过去，永远不能重来了。但是，我一点都不遗憾。我不想把哪一个瞬间留住，也不想掠过另一些瞬间。正是这些完美或不完美的瞬间的集合，才愈合了我灵魂与肉体、希望与现实之间的裂痕。

十八岁的时候，我看过一场最美的火烧云 —— 就让它留在我十八岁羞涩的灵魂里吧。

二十二岁的时候，我没有勇敢试一试更好的学校 —— 好与坏难道不对生命有同样重大的意义？

命运不可预知，却大有深意。

二十八岁的时候，依然会有一些太过美好而转瞬即逝的时刻，值得我全身心地投入进去。

那么，十年之后呢？

看看那些年近四十的人都在干些什么。

我的朋友杨庆，在年过四十的时候，在春风中穿着新做的花裙子，骑着她的小白自行车去参加读书会，做绘本讲座，开始做一名注册心理咨询师。

我的导师方方和叶叶，四十岁时第一次相见在波士顿，以后的二十多年，他们每天手拉手从学校走回家。

当然，有人在四十岁时受难，有人在四十岁时去世；也有人在四十岁时拐了一个巨大的弯，成了自己从前最看不上的那种人。

可是我年近四十的朋友阿晴说：

晓丹啊

人的一生其实很有意思

那么漫长

我们会不断变化

趋向完美

在原始的版本里，这只是他断断续续打出的一句话，但是去掉其中夹杂的表情图标和我的答话，就成了一首诗。

是啊，人生如此短暂和偶然，你必须去做你想做的事，成为你想成为的人。人生又如此漫长，足够你去做你想做的事，成为你想成为的人。

谁 能 看 见 前 面 有 梦 可 想

对我自己来说，写作其实是一场场连续不断的对自己的说服。

当我在说希望、在说温暖、在说积极的时候，我知道其实有一个寒冷的、弱小的、看不到希望的小女孩在文字深处。她不习惯向别人求告，而要靠自己来说服自己走下去。

前天晚上，我在0℃下的寒风中迷路了，坐在路边的积冰上，四周是一栋栋如涟漪一样散漫出去的别墅，灯光点点，满月从屋顶的烟囱后升起。我听见自己内在劝服的声音被我的嘴说了出来："宝贝，你可以找到的。"这熟悉的声音，说过"你可以撑过去的""你可以写完的""你可以面对的"……在最深的黑夜里，它是我最亲密的陪伴者。它带我走出沮丧，走向前方。我对它是如此熟悉。

但是，坐在那圆满的涟漪中心，却有另一种感受同时生出。

如果不是那么冷，我真愿意在这个街角上一直坐下去，坐一晚上，睡一觉，让疲惫和软弱的浪涌把我一点点淹没。不悲伤，不控告，也不寻求一种积极而急迫的解决之道，只是把我的软弱暂时交给谁，让我睡一觉，自然地睡到下一个早晨，然后再让那些理性的、积极的、有尊严的方式来与我一起面对接下来的艰难。

那天去教会，传道人说人的担子是一样沉重的，无法以外在的观感来猜度其轻重。

我一直羞于和人比惨，因为我确实没有经历过贫穷、重病、家庭失和，更别说战乱、地震和海啸。因此我也羞于在某个街角坐下来，承认我的软弱、疲惫和需要帮助，承认一个小女孩曾如何将她青春岁月的所有惊慌失措和低沉失意都留在了自己与自己的对话中。

"谁能跨过艰难，谁能飞越沮丧，谁能看见前面有梦可想"，不管你是一个消极的人，还是像我这样积极的人，在从一段段艰难中最终走出来之前，都一样免不去沮丧，看不到梦想。生命原本带有痛苦，没有谁能代你承受，也无法靠某种乐观的态度或者积极的信仰免去。

在我的想象中，有时有这样的画面在交错：沙漠中，背着大包步履蹒跚的旅人；窗纱翻飞的沙发旁，桌上有面包和热茶；浴缸的水已经放好，有人在温柔地等待。

正是那温柔的等待，支撑了跋涉者对痛苦的忍受。正是那艰难的跋涉，为等待者的温存提供了意义。

在大多数时候，我们同时扮演着旅人和等待者的角色，而且我们把二者的相会，称为幸福。

最最遥远的路程

　　台湾电影里写到现代都市人的困境，就有小男小女插着耳机，一直往南走，走到一片长着仙人掌的茫茫沙滩，海浪的声音一叠叠袭来，暗示着逃亡之路的尽头。逃离是否可能？台湾实在是太小，从南到北的逃亡之旅，连一个盥洗袋都不需要准备。一个休息日的来回，心事已然"上穷碧落下黄泉"，别人看来却水波不兴，只似度了个假。那么逃离真的只是对日复一日、捉襟见肘的日常生活的调剂吗？原来，现代人期待一次古诗中的放逐已是不可能，所能追求的只是定期放风？

　　我不是很喜欢台湾的文艺片。那种"想要的生活"与"现实的生活"的两分法，那种把每个今天都当作未曾开始的真正生活的"前传"的定式，固然标榜理想，却不免轻浅。我喜欢安哲罗普洛斯的电影，同样是海岛的希腊，同样是茫茫的沙滩、茫茫的海，同样是逃亡之旅，同样是日复一日、不能自主而捉襟见肘的生活，可是，在命运的统摄之下，所有的想要与不想要、自主与不自主，所有的趋向与逃离，都不再是"真正生活"的准备状态，不再是"理想人生"的前传。

文艺片总是虚构出一个可供逃离和背叛的起点，一个可以追寻到或不能追寻到的终点。可是，在我这个年龄，我已经要时时告诉自己，没有起点，没有终点，也没一段生命单纯是为下一段生命所做的预备。我告诉自己，今天、昨天、昨天的昨天，这都已经是你的人生了。

今天，我坐公共汽车经过皇家山。深秋雨里的皇家山，已经几乎落尽了叶子。我经过这里，书包里还背着五斤大米、二斤排骨，显然不是观光客；可我在蒙特利尔，只有一间租期三个月的房子和短至一年的签证。无论怎么说，都是途中的人。我坐在车上想来之前在苏大和南开的事情，那已过去很多年；又想起昨天和同学说起想再读一个学位，那也将是很多年。可这并不使我的此刻显现出一种途中的凄惶或者逃亡的狂欢。我背着排骨和大米，坐着不知在哪下车的 165 路，经过我曾经为之努力而终于来到的皇家山，我忽然觉得，过去、未来和此时，如此异质又如此融洽地交汇在了一起。那时，我忽然不再担心我是否有勇气去过一种我希望的生活，原来它早已开始了。一切都不是预备，一切都不是演习。曲终人散的恋爱不是婚姻的预备，南辕北辙的追求不是事业的预备，执迷和幻灭甚至也不是顿悟的预备。生命中的事件，不因时间在前就是因，也不因时间在后就自然成果。每个此时的粗粝异质不能相容，在命运的曲调里却幼滑如丝。

当我知道我"正在"生活，我更敏感于所有选择对此时的意义。我更知道有什么是我想去做，什么是我不想去做的。因为所有的"应该"都是指向那个"将要"的、"理想中"的、"正式"的生活，而不是指向当下。

我们的意念偏执于对未来和对理想生活的幻想，可又永远无法有勇气面对未知的变局，来不及拾取命运的给予。为什么我们不知道，在人的头顶上，有一种叫作命运的更为强大的力量，它打碎你的偏执，可是它也给你最强大的一致性和最无穷的养分。如同我在秋雨中经过这皇家山的落叶、墓园，雨中天边的夕照，我获得的平静和内心禁锢的松动。

在我来之前的这个暑假里，我常常骑着自行车，沿蠡湖而行，每有上坡，我就唱起胡德夫的歌：

　　这是最最遥远的路程，来到最接近你的地方。
　　这是最最复杂的训练，引向曲调绝对的单纯。
　　你我需遍叩每扇远方的门，
　　才能找到自己的门，自己的人。
　　这是最最遥远的路程，来到以前出发的地方。
　　这是最后一个上坡，引向家园绝对的美丽。
　　你我需穿透每场虚幻的梦，
　　最后走进自己的田，自己的门。

远方的门不在天之涯海之角，却在命运带你去的每一个地方和让你停留的每一个此刻。

我在这里的同学，都已年过三十五，还有四五年的时间慢慢要把博士读出来。他们住在离学校步行五分钟的地方，每人一间不超过二十平方米的小公寓。周五的傍晚，坐在东亚系的小办公室里，聊到天黑，三四个人冒雨去吃饭，同去的男生一定要去吃自助餐。那么小的餐馆，周五晚上唯一可以放松的三四小时，之后，各自回去完成繁重的课业。吃饭的时候，讲起从前的事情，都是说回国了结了一些私事，如离职的善后，搬家，办理父母的丧事，然后又来读书。原来，"真正"的、"成熟"的、"正式"的、所有人都认可的生活，其终止也不过是隔年异国饭桌上的一笔带过。而我们各自回返后的这个秋雨之夕，我们在各自的小公寓中，对此时寒暖的体认，才是真正的生活，也才是唯一严肃的生活。

春 初 至

收到一个好消息，导师夫妇明天去费城开会，我们这周没课了。我喜欢上课，可是我更喜欢逃课。我逃课实在太多，以至于我妈向人家介绍："我女儿是自学成才。"而我来到加拿大之后，才只逃过一次课。在这冬雨霏霏的时节，接下来几天可以抱着咖啡杯窝在宿舍里，是多么幸福的事情啊。为了赶快进入幸福的状态，我从硬盘里把罗格·沃特斯的音乐找了出来，摇头晃脑听了一个晚上还意犹未尽，于是决定动笔写些温暖的闲话。

从这里的冬天说起吧。我来这里之前想象：低矮质朴而间隔疏远的房子，客厅里终日烧着火炉；大雪封门的时候，松鼠就敲窗子要吃的，然后我可以给它一个核桃。我喜欢买陶瓷杯子，有时也买咖啡壶和奶罐，这些东西在国内当然没什么用，可是如果在这样的火炉边，就可以有一整壶成天热着的咖啡。我来之前就设想，在冬天一定有最冷的几个星期是不用上课的，我就可以坐在火炉边喝咖啡了。就像叶芝的诗里写的那样："当你老了，头白了，睡思昏沉，炉火旁打盹，请取下这部诗歌。"[1]看书不看书不重要，重要的是，外面要足够冷，屋里要足够热。

到这里的时候是十月下旬了，已经进入冬天，但是我立刻发现一个问题，学校在市中心，旁边都是高楼大厦，住宅都是公寓，很少有人用火炉。松鼠倒是很多，而且肥，但是等到一场大雪之后，所有的松鼠都冬眠了，自然也不会爬上窗子讨吃的。更悲惨的是，由于蒙特利尔的地下交通足够发达，因此学校并无因大雪停课的传统。咖啡倒是很多，装在星巴克的纸杯里，1.7加元一小杯，2.5加元一大杯，大约是比自己煮的浓很多，一杯喝下去后眼皮就开始跳。于是，我古典的雪国梦转眼变成学习如何在一个现代化的城市中舒适地度过一个冬天。但是因为这里所有的建筑内部都有22℃以上的暖气，这里的冬天并不比江南更难度过。只要套上雪地靴

1　袁可嘉译。

和长长的羽绒服，可以一整个冬天穿裙。

唯一的问题是雪。雪下得太厚了。市政的铲雪车整晚工作，噪声、灯光乱成一片。我开始还在想，他们把这么厚的雪运到哪里去呢？过了几天我才发现，人家的思维方式和我是不一样的。他们在马路两边把雪压成了一道一两米宽、一米多高的雪墙，然后在他们认为需要的地方开上口。如果你没有预见性，要等看到学校大门才想起过马路，那么要不你就翻墙，要不你就只能再往前走几十米，找下一个出口，再折回来。

雪总是在半夜停，于是住我对面房子的那位先生总在凌晨两三点裹得严严实实出门，用铁锹把他的车从几十厘米厚的雪里铲出来，然后再放心关灯睡觉——大约他也和我一样，不喜欢早起吧。

后来，雪就化了，某一天忽然气温升至十七八摄氏度。学校背后有座山，满山和满操场的皑皑白雪，女孩子穿着吊带衫坐在教学楼前晒太阳。屋檐上流下的雪水首先在靠近楼房的积雪中滴成一个个清澈的水涡，像我小时候黄梅季节在屋檐下的沙地里看到的那么清澈。雪墙化完之后，我发现锁在路边栏杆上的自行车轮子都像达利画的钟表一样，成了一张折叠的、歪歪扭扭的饼——看来雪墙的压力是很大的。然后不知从哪里跑出来的家伙，兴高采烈地把他们的车找出来，换上新轮子骑走了。春天就来了。

以春天来了为理由，我彻彻底底地逛了几次街，买了一盆粉红色的风信子，把一盒做失败了的燕麦饼干塞进书包里带去学校贿赂松鼠，以及写了一堆信。

这两天又变成冬天了，但是类似于南方的那种冬天，下一些冻雨，好在导师去美国，课停了。我查看天气预报，要再过大约半个月，我们才有穿上春装的机会。不过据我的同学说，春装就不必准备了，直接买夏天的裙吧，因为冬天与夏天之间那个短暂的春季，也许在某个夜晚大家沉睡的时候就掠过了。

怎么会孤独呢

　　有一些咒语是会随着时间破除的，比如关于孤独。

　　我想我一生中最孤独的时候，是读小学时。那时我爱读书，我的同学爱看电视剧，于是我和他们无法成为朋友。在那个年龄，我尚不知有"孤独"这个词存在，只是记得春天里紫藤花开了，蜜蜂嗡嗡地来，同学们的声音在远处。我站在阳光斑驳的青砖地面上，觉得这个角落比外面整个世界还要完整。

　　后来我看到朱湘的诗：

　　　　有风时白杨萧萧着，

　　　　无风时白杨萧萧着；

　　　　萧萧外更听不到什么。

　　　　野花悄悄的发了，

　　　　野花悄悄的谢了；

　　　　悄悄外园里更没什么。

我就会觉得，"我"的存在，和"白杨萧萧"的存在，是同一件事。要是不时时跑回到那些角落里去，我又怎么知道"我"在哪里呢？

但麻烦还是来了。开始有人告诉我这种状态叫作孤独。而且人们说，不要去读那么多的书，不要想那么多，不然你会越来越孤独。我去读古典文学，古典文学说，人因为孤独而美丽；我去偷听街谈巷议，街谈巷议说，孤独会使人走向疯癫和灭亡。这两种结局，我一个都不喜欢。最后一次有人建议我少读点书，是我二十二岁，大学毕业之前。一个同学穿着她的粉色泡泡纱上衣，甜美地倚在窗前，说那样我会比较可爱。当时我的心里一定充满了鄙夷和悲壮，心想如果只能在可爱和有脑子之间选一个的话，我还是选有脑子吧。

直到三十二岁那年，我在学校走廊上被同事喊住，他对我欲言又止，看起来好像就要表白的样子。于是我用特别耐心特别鼓励的眼神看着他，准备等他说完就莞尔一笑，然后特别真诚地说："谢谢你，但我还是喜欢一个人待着。"可是他挣扎了半天，讲了一堆理想，然后问我："你不会害怕曲高和寡吗？"我忽然记起已经有十年没听过这个词了。几乎要拨开记忆的灰烬才能认出它，连带着我是一个小女孩时对世界的恐惧和对自己的夸大。

怎么会曲高和寡呢？一个人怎么会对自己有这样骄傲的描述呢？在漫长的研究生时代，我们努力地买书，看书，为了能听懂更多同学的发言和老师的讲座，唯一值得担心的，是不能与对方站在同一个平台上理解问题。有很多次，在校园，在书店，在旅行途中，我与另一些看起来很可爱的人四目相对，遗憾自己不能立刻把握住他的话题，与他多聊一会儿。就这样，我经过费力地恶补，伪装，强不知以为知，积累了少许的知识和更多的友谊，并且不再幻想自己会成为那个优秀到没朋友的人。

站在二十二岁的时间点上，我无法想象那是告别孤独前的最后一站。之后的十年里，因为干脆去做自己感兴趣的事，不再费力掩藏自己，那些与我可以一起读书、一起行路、一起玩耍的人就从生活中浮现了出来，而他们又带来了无数新的话题和新的生活。二十岁时憋在日记本里无法对他人言说的一切，如今化为愉快的促膝长谈。回头想想那个小女孩，如果她当时决定藏起自己的好奇和梦想，是不是真的就能获得快乐？还是会夹在她认定曲高的内在世界与认定和寡的外在世界之间，慢慢地走向自得和腐朽、疯癫和死亡？

在那些恐惧出发的夜里，我曾经为自己编造过这样一个故事：在海边的小村庄里，有人想去爬珠穆朗玛峰，可是谁都知道那不是单个人就可以做成的。他等啊等，等了一辈子，都没有等到另一个愿意同行的人经过他的窗前。死前他要求把这句话刻在自己的墓碑上："这里有一个胸怀天空的人，可是他死于孤独。"他的孙子也想去珠峰，一样找不到旅伴；但有一只鸭子愿意陪他去镇上，镇上有两匹马愿意陪他去县城，县城有三个皮匠正好想去国都，国都有一群商人要去日喀则；到了日喀则，他下车一看，满街都是背着行李准备攀登珠峰的人。

怎么会孤独呢？你必须首先出发，然后才能遇见旅伴。那些来源于理想、来源于观念的孤独之感，只在想象世界时才得以存活，并将在投入世界时熄灭。

但依然会有孤独，并非理念之孤独，而是存在之孤独。不管你有多少朋友，有多么切近的理解和亲密，但当午夜梦回，想起那并未一起度过的少年时；当春雨弥江，你却不能转述在烟波深处看到的一切；当五月香樟花开的夜里，那种香味有人闻得到，有人闻不到；以及当我们谈起人生的尾端，不能知道会是谁将谁送入黑夜。这样的孤独，是伴随着我们对生命的觉知而来，除了死亡之外，无以消除。

我八十岁的奶奶，夜夜在楼上俯瞰城市的灯火，想起同辈的逝去，有时彻夜难眠。也许她也曾经担心我成为"曲高和寡"的一员，但我知道，我将与她承受同样的孤独，却不来自知识的苦痛，而是来自人生的本然。

魔 女 三 章

一

去学校的二手书店买一本日语课本。走进细窄的店门，架子挤挤挨挨，书却排成一个个整齐的色块，乖乖蹲在书架上。手指头抠一抠，暗红的色块让出一条缝，接着又合并在一起，我手里却多了一本《新编日语》。

我用钱包角落里的七个五角硬币买下了这本书。这本书像新书一样整洁，却又像旧书一样柔和，只有前65页写满了批注。书中还夹着一张手抄的"日语五十音图"。扉页上用铅笔淡淡地写着"魔女の条件"，像是一个女孩子的笔迹。

这大概是我买下这本书的理由，不仅因为我一直心心念念想成为一个小魔女，更因为大部分的魔女教科书，我都没能坚持看到底。2009年，出国前夕，死去活来地背托福单词时，阿老师安慰我说："要是我是哆啦A

梦，我就给你一个记忆面包，放在书上一印，单词就可以吃到肚子里去了。"阿老师说过就算了，并没变成哆啦A梦，而成为小魔女的梦想却时刻纠缠着我。

看到一篇文章，作者说自己十七八岁时，每拿到一本书就先翻到封底，看看作者多大，然后就掰着手指头算自己还需多少时间能到作者现在的年龄。这样的事我也做过，不同仅在于他羡慕的只是某领域的学问，而我羡慕的，却是我未能获知、未能达到的一切。

更要命的事情是，在很年轻的时候，哪怕是那些最有天赋的少年，也只能看清脚下的一条路。正因为看不见其他，所以可以毫无邪念地奋力往前走；但走着走着，世界展现出阡陌交错的样子，仿佛时时刻刻走在若干道路的交叉口，可能选择的，却只有一条。路越走越远，而且常常是已经拼尽了全力，却不得不承认在这个绚丽的世界上，绝大多数的可能性都将被放弃掉。

有时候我会想，如果十八岁时的我抬起头来，能看到自己经过了十几年的努力，却在这个世界中获取了更多的未知，会不会有点灰心和沮丧？

如果人有无限的生命，我愿意全付给知识，条件是知识不能只像细菌繁殖一样无限制扩散，它最后应该收拢为一些宝石样的简洁元素。当宝石炼成时，小魔女当的一声变成皇冠的底座，从此和知识融为一体。

但这是多么不切实际的幻想。在宫崎骏的动画《魔女宅急便》中，琪琪天生是个魔女，却也只能把飞行技术用来送快递。而我这个冒牌女巫，更只能在又短暂又漫长的生命中做着蜗牛式的爬行。爬一步，回回头，唉声叹气一下，不知道世界为什么这么大，走得为什么这么慢！

二

有个小男孩斩钉截铁地告诉我"大学""社会""教育"都不自由。宣告完对世界的失望，他一头埋进网络游戏里，再也不肯出来。另一个学生写信问我："既然我们在课上讨论自由、爱、性的关系，那为什么人不能拥有自由的性生活？"我还收到过另外一封信，问："我们能从自由中获得什么？"

这些问题我一个都无法回答，因为我对自由的渴望，完全建立在个人化的体验之上。还是一个小孩子时，洗过澡被赤身裸体地放在骨牌凳上晾干，举目四望，我觉得那就是自由；二十岁时，春天的风从宽大的衣袖间滑过，我觉得风就是自由；和喜欢的男生走在深夜的街上看星星，我觉得自由有天地那么宽；自己扛着两个大行李箱出国去读书，自由变成一种力量穿行在我的身体中。

我更喜欢的是另一种自由。有一天我开始写童话，我发现了它惊人的魅力。借助它，你可以表达出用其他任何形式所不能表达的情感和经验的复杂性；你可以重新解释以及重构你的生活。想象力在最纯净美妙的时候，可以穿透观念的屏障和逻辑的界栏，越过人与人之间哪怕借助爱情都难以拆除的高墙。它将你从沉重的大地上拔起，带入人类梦境深处。在那里，每个人都独一无二，但所有人都融为一体。

就像所有自由一样，想象力的自由也无法被锁定在我们身上。写作者也需要在稿纸前枯坐许久，自己和自己讨价还价，经历一大堆失望、恐惧、低水平重复。为了这种最小规模的自由，写作者需要离开他熟悉的生活，锻炼身体的敏感，忍受强烈的情感冲击，面临重新看待社会、评估价值的危险以及被人类内在黑暗缠绕的恐惧。只有在理性、心灵和勇气都准备好的时候，表达才能够流畅得足以陈述生命。

三

因为爱读书，想传递其中一切美妙的事，我才成为教师。这其实很难。你在山呼海啸、暮霭晴岚中有多少悠然心会，在市井人间、春夏秋冬中有多少相期偶遇，这是一回事；但你要把其中关于美、关于真实、关于情感的一切平稳地传达出来，并在每节课上保持真诚，那是另一回事。

一堂课讲得好不好，自己有感觉。颠来倒去讲不痛快的，是问题没想清楚；扯出一串实不相关的例证，是用幻想和偏见遮盖事实；一层层堆叠上去的抒情，是未曾成功唤出真实的情感记忆。其中的机巧，有些可以靠技术和经验解决，但是否获得一口"仙子的气息"，将生命吹送到"纸片人"的胸中，却只能出于机缘。

　　我几乎知道在什么时候能获得这种机缘。当我拥有一种丰富生动的生活，而它又与我将要讲的课互相开放时，就会有真实的情感从生活流入课堂，又有清明的智慧从课堂流进生活。我真正困扰的是，要把自己的生活过成什么样子，才能诠释所有这些美妙的文学？

　　为了去上一节课，我需要做如下的事情：洗头，穿上漂亮裙子，吃一顿比平时更丰盛的早饭，看一看窗帘外的阳光。在上课的前一天，我需要去湖边暴走两小时，听听湖水的声音，和芦苇丛打个招呼，再去看看我的小黑狗朋友。上完本周最后一节课，我需要去喝个下午茶。

　　但做小资并不就能成为一个合格的文学阐释者。努力把现有的生活过好并不和另一种责任矛盾，那就是尽量去过更多的生活。去过远方的生活，去过古代人和未来人的生活，去见证浮士德博士和魔鬼的契约，去看看凡·高在暴戾中割掉的耳朵，去奥斯威辛。所有这些阅读和想象构建出一个与现实经验完全不同又相互可证的世界，从而赋予我们的日常生活以深度。

文学之所以允诺给我们一种展开完全不同于现实的心灵生活的能力，是因为人类只有借此才能超越自己具体处境的局限，去想象他人的生活，去认识生命的各个侧面，理解人类共同的处境。

在所有最优秀的文学作品中，都运行着一种强大的生命力，它号召人们让更多的可能性在生命中展开。那不仅仅是说，我们允许哪些书进入自己的书房，也包括保留自己朝向厄运、朝向黑暗的可能。对于文学诠释者而言，是否拥有这样勇敢、开放、生机勃勃的生命，是一件不可造假的事。单凭虚构的激情和抄袭的智慧，永远不能在文本和读者间，实现生命力的传递。

杀 死 自 己 的 一 部 分

多年以前我听一个老奶奶讲她的人生故事。她说，在收到女儿车祸噩耗的那天，她把自己关在屋子里，没有哭，只是静静坐着；当门再次打开时，她已神色如常，前来吊唁的人什么安慰的话都说不出来，只能叹口气回去。

她解释在那间屋子里发生了什么，她说："我把我自己的一部分杀死了。"那时我很年轻，虽然嘴上不说，心里却在想：难道除了杀死自己，没有别的办法？难道在我们漫长的一生中，再没有机会使伤口曝露、痊愈？难道我们人生的任务，不也包括自我修复和痊愈？怎能仅仅是杀死自己的一部分，让坏痛的肢体不再感到疼痛？

很久以后，当中年不再遥不可及，我渐渐发现，人生中所有美好的理想，其中任何一个实现起来都无比艰难。而且越来越紧迫的时间催逼，使得我们根本不能等待伤痛愈合再从容上路。于是为了走下去，有些时候只能粗暴地处理伤口，使暴露于大众眼帘的血肉模糊变成只有自己知道的隐隐作痛。

多年以后我看到《斯通纳》。人到中年的大学教师与情人在茫茫雪原中唯一的旅店里度过了一周，一生中唯一的一周，唯一真正活过的日子。但他们依然决定分离，哪怕随之而来的是自我惩罚的暴病，是梦想扼杀的早衰，以及悲痛之癌渗入骨髓，直至死亡。在那个当口，斯通纳同样决定了杀死自己的一部分，因为他清楚地知道，走向那条绝对光明而自由之路所需的生命能量他尚未聚齐，而且……再也没有机会聚齐了。

于是他带着残肢断臂折返回去，做好了生命中将不再有任何奇异之物为他等候的准备。面对这样的人生，他已为自己取消了抱怨的资格，因为折返是他自己的决定，是他的软弱应有的果报。

但哪怕是这样绝望而自责的人，仍然会抱有微弱的期待，关于生命中还有什么不同的东西。而奇迹常常是在这样的时候到来，不是作为修身养性的产物或者心灵治愈的结果，而是作为生命本身的幽默和弹性。

在那几乎断绝了希望的道路上，他们并不快速地堕落或者死去。以杀死自己为代价而留下来的那一部分，如果带有对另一部分无穷的悔意和因为体会到确实无能为力而对自己滋生的同情，他有可能以沉静而深厚的热情度过下半生，最后滋养出那种一如青春时代窥见的自由和光明。

面对生命中那些软弱而无能为力的瞬间，我常常会幻想这样一个故事——在某一个春天的早上，一个年轻人带着所有民歌、诗句、童话和爱情在他心中积累的热望准备出发。他已经囤积了一冬的草料，喂肥厩中的良马。他屏息凝神，准备等第一缕阳光穿透城墙就扬鞭远行，告别这沉睡了千年的庸庸碌碌的俗世城邦。但就在第一缕阳光到来的时候，也许是他不小心触发了机关，惊醒了守城的恶鸟，于是城门关闭，杨柳枯黄，季节折回，少女的脸庞长出皱纹，勇气从他的手中一分一秒地流失，而他重新成为这千年城邦中难以辨认面目的普通一员，度过与之几无差别的一生。

但有什么关系？没有成功的龙骑士之梦依然是龙骑士之梦。城邦外千里万里的草原和森林依然呼唤着其他人。没有被杀死的那部分，就算千般不便，不能变成飞马和蝴蝶，不能变成年轻的远征的身体，它至少可以变成卡住城门的一块青石，变成朝东城墙上一块打碎的玻璃，变成民歌、诗句、童话和咒语，变成三月城外撩人的柳笛。

以前的故事说，如果你在春天里采下一片柳叶折成小卷，就能听到风在其中说："皇帝长着驴耳朵。"以后的故事里，树叶会说："虽然你们的皇帝不够勇敢，没能在那个春日里扬鞭远行，但他至少将一个梦放在了柳笛里。"

一 日 浮 生

一

亚隆，你可以活得更长一些吗?

我想我一生中都在寻找一个亚隆这样的父亲。他是《魔戒》里的爱隆王，是另外一些什么人，但最终是亚隆。

《魔戒》对你们来说，是阿拉贡或者弗罗多或者莱戈拉斯的故事，但对我来说，所有故事都开始于某个无足轻重的小人物从噩梦中醒来，阳光刺眼，伤痛已愈，一个笃定的声音说:"欢迎来到瑞文戴尔。"接下来是无数失而复得的惊喜 —— 久已失散的亲友欢呼着奔来，其中一个告诉他:"爱隆王守护了你一夜，现在你的伤完全好了。"托尔金将精灵三戒中主管治愈的维雅安排给爱隆王，来匹配他作为治愈者原型的身份。中土世界所有伟大的探险和爱情之所以可以展开，都有赖爱隆王的默默存在。他不能够起死回生，却能读懂生命的秘卷，重铸折断的宝剑，甚至携起爱女亚玟的手，把她送上无比灿烂的爱与死亡之途。如果有一个呼唤可以被听到，我想说："爱隆王，请你不要航向灰港。"

我是在说爱隆王吗？还是在说我们今天的主角——欧文·亚隆？我宁愿相信当每个来访者走出亚隆医生在旧金山那间诊疗室时，他心里的呼唤也会和我一样。亚隆已经太老了，老到他的来访者必须警告自己少一些依赖，以免在他离去时遭遇新的创伤。亚隆说不喜欢被这样小心翼翼地对待，时时刻刻被提醒人生快要完了。他当然是诚实的，但在我看来，其中也含有傲娇的成分——在意识到死亡迫近时，同时意识到八十四年一以贯之的生命泉流奔涌，以及相信死亡可以被谈论和理解，这本身就是一件超级生机勃勃的事。

想起他戴着牛仔帽站在加州明黄色墙壁前的照片，我觉得他在说："嗨，开始吧，我终于可以教授你们关于死亡的知识了。""是啊，是啊！"我急忙点头，"亚隆医生，我不知道是否也会有这样的幸运，在步入暮年时身心都做好准备，但我很愿意知道关于死亡的知识，而且只要是你在说，说什么都好。"

　　二

　　我收集亚隆的每一本书。当 *Creatures of a Day: And Other Tales of Psychotherapy* 的中译本《一日浮生：十个探问生命意义的故事》在台湾出版时，我为之一振。"哦，他还在那里，他还在写作！"过去几年，两位老师、一位挚友罹患癌症，当他们通过电话、邮件或者当面向我说起时，我想随手抓住一点什么东西塞给他们，至少暂时挡在我们和死亡之间。每一次，我抓起的都是亚隆的书，之前是《直视骄阳》，现在是《一日浮生》。是啊，都是癌症。也许现代人被赋予了一个新的生命课题，就是在最终面临死亡之前，普遍拥有一个来得及思考死亡的漫长时段，亚隆的治疗理论也应运而生。他将死亡转化为一种可以利用的资源，总结说："虽然死亡可以从肉体上摧毁我们，但关于死亡的观念却能够拯救我们。""你不能直视骄阳，也不能直视死亡"，但回避死亡，恐惧就会蛀空人生。

　　亚隆自己受益于对死亡的直面。20世纪80年代他出版了一生中最重要的著作《存在主义心理治疗》，定义了生活的四个终极问题 —— 死亡、孤独、自由和无意义 —— 并认为生活中所有的痛苦基本源自这四个方面的困扰。当时，年轻的亚隆正在带领癌症晚期患者和丧亲者团体，在与死亡离得最近的人群中，亚隆确认了这些主题。他说自己后来所有的著作都是在用不同方式扩展这本书的不同方面。三十多年后，七十五岁的亚隆已成为与维克多·弗兰克尔（那个曾在纳粹集中营仰望夕阳从而找回生活勇气的弗兰克尔）和罗洛·梅（那个热爱陀思妥耶夫斯基的罗洛·梅）并称的存在主义心理学大师。他想要出版生命中最后一本书，于是选择修订《存在主义心理治疗》，但完稿之后，出版社发现新写的部分中有四分之三是关于死亡的，便建议他抽出单独出版，这就是《直视骄阳》。直至后来的《一日浮生》，死亡问题就这样贯穿着亚隆的整个生涯，成为他学说和生命的引领。

　　不知道在哪本书里，亚隆把活着比喻成持有一张商场的限时兑换券。当暮色临近，打烊在即，而你的礼券还没有兑换出去，恐惧便产生了。在死亡面前，人们表现出千奇百怪的症状，说出各式各样的遗憾，但其核心同一，即遗憾自己从未真正活过。因此亚隆认为，死亡的发生虽然在人生的尽头，但想要破除对死亡的恐惧却得向相反方向去寻找，——检视人生中被忽视、被虚度的岁月和被埋没、被歪曲的真实愿望。当他们带着各种行头、身份、银行存折、学位证书、爱恨情仇、语音语调、遣词造句来到亚隆的诊疗室，并在日复一日的咨询中摇落它们如同昨夜西风凋碧树，最后生命的真正主题会显露出来。而这样的觉醒一旦发生，哪怕是癌症晚期病人都能有足够的时间去实现它 —— 甚至你只要曾在一瞬间实现它就永远实现了。所有走过这个历程的人都会惊叹自己居然白白浪费了一生去越陌度阡。但他们转即就会带着一种被亚隆治疗过的人特有的幽默感原谅自己，也许还会用亚隆式的语言安慰那些依然在谎言中挣扎的人："是的，这就是人性。"

三

亚隆常常声称他只是用一种心理学式的语言翻译了诗歌和哲学的智慧。这个说法虽然谦虚，但大致属实。比如他说："如果我们专心思考我们活着（我们在世界上存在）这个事实，并且尽力想把那些让人分心的、琐屑的事物置于一旁，尝试去认真考虑导致焦虑的真正根源，我们便开始触及某些基本主题。"这段话完全可以直接拿来翻译叶芝的《随时间而来的真理》："虽然枝条很多，根却只有一条；穿过我青春所有说谎的日子。我在阳光下抖掉我的枝叶和花朵；现在我可以枯萎而进入真理。"

我还用亚隆式以死观生的理念给陶渊明的《荣木》诗写了好几页的注解。每当这样做时我都很兴奋，想象自己一定是亚隆特别感兴趣的那类来访者，因为他是那么愿意透过文学和哲学来进行诊疗。

亚隆总是深切地提到那些让我们记忆深刻的逝去的朋友——霍妮、弗洛姆、里尔克、黑塞、卡夫卡、加缪、克尔凯郭尔、萨特，他甚至为斯宾诺莎、叔本华和尼采一人写了一本书。这种状况"愈演愈烈",在《直视骄阳》中,亚隆只是常常援引伊壁鸠鲁,到了《一日浮生》里,文学和哲学几乎成了约到亚隆医生的通关秘诀。甚至当咨询陷入僵局,他直接掏出一本马可·奥勒留的《沉思录》扔给来访者。而那个来访者果然眼睛一亮,严丝合缝的生命之匣打开了。每次读到这样的情节,我就和挚友杨庆相对喟叹。杨庆作为治疗师感叹亚隆对于设置的把控能力,我则激动于亚隆对文学和哲学之治疗潜能的肯定。

在亚隆之前,上一个让我这样感慨的人是罗洛·梅。在大学时代,我遇到了罗洛·梅对于尤金·奥尼尔、贝克特和乔伊斯的分析。他给了我一个双向的角度,既通过心理治疗来克服创作瓶颈,又意识到文学可以被当作心理治疗的媒介。亚隆和罗洛·梅都能够自然而然地服从自身的创造冲动,不以学科的表面分类,而是诚实地以存在体验为原则使用知识,从而拓展心理治疗的范畴。亚隆说得很直接:"一个人在多大程度上能够去尝试新方法取决于他在多大程度上能承受住焦虑。"我们害怕死亡是因为未曾创造,未曾创造是因为无力诚实，无力诚实是因为承受不住焦虑，承受不住焦虑是因为孤独。大多数人无法通过独自领悟哲学来解决创造和死亡的问题，但当亚隆医生与你坐在一起时，情况就不一样了。

四

在《叔本华的治疗》中，亚隆虚构了一个叔本华哲学的现代代言者菲利普，其身份是一个九流大学的教授，自顾自讲着没有人要听的哲学课，但他确实深深地理解和认同叔本华，并且在某些时候可以打动亚隆。于是亚隆化身为治疗师朱利斯与菲利普展开了一场理念与关系之战。菲利普认为生命的结局不是生离就是死别，所以最好不要爱上或者依赖某个人。但亚隆更认同尼采，相信在生离死别之前还来得及建立深厚的旅伴关系，可以共享生命的虚空与激情。他把菲利普的人生策略叫作"避免借贷生命，以免偿还死亡"。这本书在中国出版后，曾奇峰写了一篇序，题为《被治疗成一个人》，意思是说菲利普的思想只是用来隔离情感的，而人活着的最大的特点就是具有人的情感和关系。

"为什么要把他治好？"有人不满地问。在很多个疲惫的夜里，我心中也会浮现出菲利普的形象——他的电话簿上有上百个女士的号码，他只想随便弄一个来睡上一觉，然后不顾风雨，坚持开车把她送走，自己则回来蜷缩在壁炉边看一页哲学书——让人神往的宁静。我相信哪怕是亚隆也会在某些时候羡慕他。但对于亚隆来说，仅仅孤独绝对是不够的，孤独必须在拥抱人生、肯定爱与激情的大背景下才有价值。

我总是想提醒他："亚隆，你又弄错了。"亚隆有各种各样的错法——少收咨询费，跑到病人家里去做咨询，以及直接进行哲学辩论，每次都让我瞠目结舌。但他好像无意追求完美，他写的故事里，每出现一次恍然大悟的"我又错了"，就连带着一次转机。他无法预料金妮何时来，菲利普何时来，也无法预料自己有没有做好准备。他只是将自己投入来访者正巧叩门的时刻，并且永远不后悔"如果我遇见他时，已有我今日的领悟，我的表现将会更好"。因为在每一个此时此刻，他都拿出了最大的真诚。

　　亚隆甚至将这些错误视为一种治愈性因子，他在《一日浮生》的后记中说："这些故事中的来访者，在治疗中一次又一次地按照某一种我根本无法预测的方式，收获了适合自己的营养。……在每一个这样的故事里，我都创造出了一种（或者说意外制造了一种）十分独特的治疗方法，它们不可能被人在任何一本治疗手册中找到。所以说，正是因为我们永远也无法确认自己究竟是如何帮助到来访者的，所以，我们这些治疗师就不得不在陪伴他们自我探索的道路上，逐渐学会与这些未知和神秘和谐相处。"

五

　　这回亚隆又弄错了，《一日浮生》好像是他写的第三本"最后一本书"了。当年他在《直视骄阳》中说道："大多数读者都想知道我在七十五岁时写这本书是不是为了面对自己的死亡焦虑，我想我应该更加坦诚一些。"接着他说出了最大的恐惧："在我死后，那幅画面将变成我妻子独自一人钻进车里，不会再有我的凝视，更没有我的保护，这带给我无法用语言描述的痛苦。"在《一日浮生》中，影像继续闪回，但结局发生了变化："当我看着她即将离去的模样，心中涌起了无限的辛酸和伤痛。然后，突然之间，这一切都消失了，我'咔嗒'一声回到了现实。她就在那里，就在我的身边，生机勃勃，容光焕发，冲着我微笑，就像美好的九月一样新鲜和闪亮。瞬间，一种暖洋洋的喜悦涤荡着我。我为自己此时此刻还能和她活在一起而无比感激。于是我赶紧快步跑到她身边，拥抱她，开始了我们的傍晚散步。"他们一同生活了六十多年，在携手迎向死亡之后，亚隆已经获得了足够的能量来重新回向生活。

　　我已经很熟悉她了，玛丽莲·亚隆，斯坦福大学的比较文学教授，《乳房的历史》的作者，博士论文写的是卡夫卡。她是欧文·亚隆中学时代的女神，当时他仰望玛丽莲就像罗恩仰望赫敏。她胸部丰满，亚隆不知在哪本书里表白自己一贯热爱大胸，并把它上升为热爱人生的标志之一。啧啧啧，关于亚隆，我什么八卦都知道。玛丽莲还看过我的诊疗笔记，里面有着我对亚隆医生的爱和对她的羡慕嫉妒恨。——哦，不，那不是我的诊疗笔记，那是金妮的。

金妮，她一定是亚隆最爱的病人，亚隆为她写了《日益亲近》。她那么年轻，那么会写作，克服了创作瓶颈，正走向真正的生活，正像我对自己的期许一样。在《一日浮生》中，亚隆建议艾丽效仿四十年前他和金妮工作的方法，用咨询笔记来抵偿费用。我从来没有意识到金妮已经那么老了。她现在在哪里？

我好像还认识另一个人。《一日浮生》中的新病人酸溜溜地把亚隆推荐的女治疗师叫作"你的凯瑟琳"。"你的凯瑟琳"是亚隆三十年前的学生，而且"美得不可方物"。他是在说朱瑟琳·乔塞尔森吗？《我和你：人际关系的解析》《皮格马利翁效应》《在生命最深处与人相遇：欧文·亚隆思想传记》的作者？哦，也许酸溜溜的那个人是我，我多么羡慕她能在亚隆的柔光中思考和写作。

还有那些一闪而过的人影。亚隆又提到多年前那个短发、纤瘦、轮廓优美有力的晚期乳腺癌病人，她是在《爱情刽子手》还是《诊疗椅上的谎言》中出现过？还有罗洛·梅，他曾经是亚隆的分析师，帮助年轻的亚隆应对来自死亡的焦虑和启迪，而又恰是亚隆陪伴他度过弥留之际……

他们在《一日浮生》里一一重现，使我意识到《一日浮生》也是亚隆对人生的回向之书。用这本书来重新走回与老友共度的人生，而他们已永远亲密地生活于永恒之中，不再惧怕分离。

在 春 天 里 摘 一 朵 花 走

因为想知道生命里还有什么，所以愿意不带目的，就
走入新的一回。

时 空 四 章

一、银河铁道

在宫崎骏的动画电影《千与千寻》中，有一辆海底列车。在透明的水里，列车悄无声息地开过。宫泽贤治的童话《银河铁道之夜》中，有一辆天上的列车，它在星斗与星斗间穿行，将地球上丢失的生命携带到不朽的银河之中。如果有一天坐上这样的火车，我一点都不会觉得陌生。

我上大学时火车还没有提速，从学校回家，最慢的一班火车开行五十分钟，车票四元五角。每周五下午一点，那辆红皮火车刚刚从上海站开出，车厢干干净净，车窗打开着，穿行着新鲜的空气。坐这辆车的，都是没什么急事的人，老头、老太太、回家过周末的学生，还有带着叠至一人高、两人宽的空鞋盒上车的小贩。人很少，一人占据一长排座椅，在桌上摊开瓜果，吃一吃，看一看，搭两句话，慢慢度过旅程。

到现在我想起春天，都会觉得是三月里坐在一辆慢车的车厢中，淡蓝布的窗帘卷起在挂钩上，火车在油菜田和黑瓦白墙间穿过，有小水潭，有细竹林，有鸭子在水里游。阳光从车窗里照进来，一直铺开到咖啡色的人造革坐垫上。

对喜欢胡思乱想的人来说，火车提供了一个绝佳的环境。晴天里的风景，雨天车窗上的水印，都可以带人进入幻想的世界。或者是临时停车，小站静无一人，桃花盛开，李径桃蹊间不知通向何处。更远处香樟树长成打哈欠的鳄鱼状，令人怀疑是否有人有过同样的发现，还是它专门为我准备下这个玩笑。如果是天气太好，车又停得太久，我就会想从车窗里爬出去，到田野间走走。

我在这想象的田野上已不知走了多少趟，尤其是夜行。晚饭后八点的火车，车厢里常常只有我一个人。从火车站离开，立交桥上的路灯伴我走一程，高速公路上的车灯伴我走一程，然后是乡村的黑暗、对行列车的灯光。有一个热电站在途中，白天看起来像水泥蚂蚁穴，晚上却像个精致的珠宝盒，仿佛里面开着那种一到天亮就要散场的舞会。就像童话《小约翰》中，在夜间，枯骨变成红颜，兔穴变为舞场，只有蛾子变成的旋儿披着她蓝色的小氅衣带着小约翰走出颇加荡的狂欢。

火车提供给人一个从自己的社会身份中脱离出来的机会。走过检票闸，和送行者拥抱挥手，一个转身，谁也不再是谁的父母、谁的孩子、谁的恋人、谁的怨偶。在这段旅途中，他要在所有的偶遇、回忆和想象中沉淀出自己，然后才能走出下一个检票闸，轻灵地走进后面的生活。

二、长沟流月

九月初的夜间已经是秋天了。搭车回到学校，时针恰恰越过十一点。车开到正门，横杆已经落下，再开到宿舍楼边的侧门，却连人都不放行。门内有一个清秀的男孩正期期艾艾地哀求门卫让他出来。门卫像在做一个关乎身家性命的重大决定一样，指天画地，赌咒发誓，死活就是不开门。

我只能沿着小河往回走。走过门边的围栏，一个老农在里面看着我，好像想建议我从不太高的墙上爬过去。我穿着裙子，只能摇摇头。走过一座小桥，有两个民工在高瓦数照明下清淤，抽水机制造出泉涌一样的声响，民工看看雨靴又看看我，好像想建议我从河底的淤泥上走过去。我穿着皮鞋，又只能摇摇头。

因为靠近湖边，地势起伏，路灯向山边一路排去，在山前打了一个小小的旋，就直插远方，看起来像在诱惑夜间徘徊的人去远行。路灯陪我走了一阵，转进正门前的暗影，门卫室里走出一个保安，很客气地问我是不是住在学校里，以后晚归可以出示教师证，车就可以放行了。二十分钟前，我刚踢了侧门几脚，并宣布那个指天画地的保安果然有病。想来这个保安必不知道此事，不由得暗自好笑。

校园的路灯没有那么亮，且到十一点后，很远才有一盏开着。因此我喜欢夜间的校园，从一盏昏沉沉的灯下走过，眼睛稍稍适应黑暗，就立刻能看到头顶上一整片的星空。有的星空大小像一片篮球场，有的像一片湖。反正灯与灯相隔多远，星空就有多大。刚下过几场雨，水泥地上没有尘土，蚊子也没了。我很想在篮球场的中心躺一会儿，在星空穹顶的正下方，而场外的四盏路灯，恰可以当作四根廊柱。

那星空之下的路程，只有我一个人见证。天地如果静止，则把我含在中间；天地如果是一场风，则把我携带在中间，在星系与星系间漫游。好像我从来就知道这种游戏，只是像一场电影看得太久，再回到室外，忽然觉得世界清凉如许。

有一个人在篮球场中央玩轮滑。他大概玩得很好，所以我等不到跌倒和惨叫的声音，只看到轮滑鞋底红红绿绿的两道灯光在球场最底处环旋。再往上，用尽了力气看，也只是雾团团的一片黑暗。

一只花猫从黑雾中走出来，我喵了两下，它也不理我。我跟着它走到了宿舍楼下，早先看见的那个清秀男孩正垂头丧气地在找路，侧门就在近边，一点声音都没有。我本来想去找门卫理论的，现在也不想了。

三、温柔图书馆

在加拿大读书时，一年有半年是冬季。没课时，我常常在图书馆消磨一整天。相比于四壁壅阻的小公寓，图书馆的空间更为开放和温暖。

麦吉尔大学的图书馆是一座非常敦实的水泥建筑，墙厚窗小，看起来像一块被挖空了的岩石。有几扇小小的门，好像洞穴的入口。零下十几度的天里，以百米冲刺的速度从教学楼冲向图书馆，推开门就可以闻到干燥温暖的空气。女孩子的穿着从毛线衣到吊带衫不等，只有靴子上的斑斑水渍提醒你室外还在下着大雪。

早上，我先去东亚书库找一张角落里的书桌写论文；中午到地下餐厅用微波炉加热午饭，顺便在自动售货机上买一块巧克力；阳光明媚的午后，我会到四楼童书区正对皇家山的窗口，找一张单人沙发，晒一会儿太阳，看一会儿童话。我的同学晚名在图书馆二楼有一间自己的研究室，有时我们会约在那里聊天。

对于孤身寄居此地的学生而言，冬夜的图书馆像一条方舟。晚间大家都愿意挤在一楼的自修教室里，各写各的作业，各上各的网。自修室用玻璃墙隔断，走廊上零零散散地放置着一些沙发。有成双成对的男孩女孩在沙发上轻言细语，笑容透过玻璃墙落在每个偶尔抬起头来的观众眼里。也有长手长腿的大男生，四仰八叉地占据一整张长沙发，用一本书遮住眼睛呼呼大睡。而在他脚边几步就是还书柜台。白头发的老爷爷和两百斤重的老奶奶坐在里面安安静静地扫描书籍。

就是在两个书架间狭窄的空地上，有时也会有睡着的青年。取书的人踮起脚，越过他的肩膀，轻轻拿走自己需要的那本书。偶尔没掌握好平衡，使一本书从太高的书架上掉落，就能听到轻轻的、混杂着嬉笑的惨叫。

在这个图书馆中，一定有很多人和我一样做着好奇的旁观者。因为这里有如此多隐秘而温暖的角落，避得开管理员的视线，容得下海阔天空的思绪，却并不隔绝与他人的联系。在走神的刹那，我看见过小男孩从书包中拿出一只"裸体"的汉堡，咬一口又塞回书包；看见过导盲犬带着轮椅上的女孩，轻轻地转过墙角；也看见过远处台灯下无声的泪水。

回国后我到过很多大学图书馆。学生们低着头来来往往，取了书飞快地离开。大理石和水晶灯之间有广大的空间，却没有一个角落掩护得了片刻的漫思。博尔赫斯说，天堂一定是图书馆的样子。我想世间若真有依天堂而建造的图书馆，一定在知识的庄严之外，还有孵化梦想的安全和被世界拥抱的温柔。

四、一间自己的屋子

在我的墙上钉着一张照片，我看到它的时候，就觉得很满足。我很难用文字描述出这张照片的内容。准确地说，那是书房的一个角落。有一扇木头窗朝向南方，另一扇就靠着它朝向东面。这个小小的角落。一边靠墙放着两层的矮书架，一边放着一盆橄榄石色的植物。在植物和书的中间，是一个湖蓝色的转椅和配套的搁脚板。转椅是布做的，看起来里面塞了很多棉花。椅面上还有一只靠枕、一只猫头鹰玩具和一张小毯子。这个转椅占据了一半的空间，它背对阳光，而照片的其他地方，全都被阳光占满。

如果我有一间这样的研究室就好了。我在麦吉尔读书时，导师有一间研究室，小小的，里面铺着地毯。她把包随手放在地毯上，把不知哪里捡来的石头也随手放在地毯上。每次我去，石头都还在原地。于是我知道，包是她的工具，而那块石头是她的一部分。至于是哪一部分，那是她的秘密。麦吉尔似乎永远是冬天，从她研究室背后的窗望出去，一个城市在冬雪里安然度过了近两百年。

我其实一直有我自己的屋子。我在麦吉尔时，住一间位于二楼的公寓，有与照片里一样窄长的木窗。站在窗前，窗台只到膝盖的位置。窗外是一棵巨大的枫树，短暂的夏日间泅散出绿色的天空。我有一张红沙发被安置在窗前，不管是配合着冬天的雪地，还是夏天的绿荫，都一样美满。

现在，我的屋子会更好一些。学校的宿舍在五楼，朝南。一扇南窗有半面墙那么大，前面无遮无拦是远处的山，稍近是处低矮的楼、嫩香樟结成的树林。二十米外有球场，傍晚的时候看得到很多青春健康的身体在跳跃。

在这间屋子里，黄昏是一个秘密。看得见整面的天空从惨白变成透明的蓝色，一点点弯折起来，深邃下去。鲁迅在《社戏》中所写的那种"含着豆麦蕴藻之香"的夜气就会升腾起来。在这样的时候，我会觉得选择这样一种生活是对的。在一年之中若含有一百个这样的黄昏，生活要是再好，还能好成什么样子？

　　很少有人懂得小房子的乐趣。一间二十平方米的单身公寓，带有阳台、洗手间和厨房，一切都小得不能再小，但一切也都足够用了。它帮我把油烟挡在食堂，把漂亮东西挡在橱窗，把厚重的书籍挡在图书馆，把热闹的聚会挡在咖啡店。它只允许精选过的小部分事物进入私人生活，而唯一不加阻挡的，只有清晨的阳光、晚间的风。

幸存、疲惫、休憩和轮回

渔父词

法常

此事楞严尝露布，梅花雪月交光处。

一笑寥寥空万古。

风瓯语。迥然银汉横天宇。

蝶梦南华方栩栩，斑斑谁跨丰干虎。

而今忘却来时路。

江山暮。天涯目送鸿飞去。

　　我的新音箱播放了一首名为《楞严一笑》的歌。歌词典雅，曲调沉着，歌喉明净，我留心把它收藏起来。

　　首先钻进我耳朵的是"梅花雪月交光处"这句。此种场景一经道出，便如"月出惊山鸟，时鸣春涧中"一般，构造成无比清晰真实的记忆，不论曾否身临。此事今人也许比古人感触更深。在江南，尘霾只有两个对手：一是夏日的高压，二是冬日的雨雪。一旦夜阑雪住，月光清明，照彻尘寰，在这样的时候，沉思的人会觉得爱这个世界，不想离开。于此挚爱之中，便生出了对死亡的担心。

我总觉得我们日日在死亡。对于最美好的事物不能永远持有，这种遗憾大约就是死亡的预演。留学归国时，在机场的安检台回过头去，看到朋友在远处挥手；在路边逗弄一只小猫，但班车已经到来；听一首妙音，读一段妙论，但无法去拥有这个歌者或者作者；还有歌剧院的剧终、海滩上的日落……在这样遗憾的瞬间，死神的衣角已经滑过我们的面颊。

失落那些次等美好的东西，遗憾甚至会更深。有一种宝石叫作欧泊，半透明，像水滴一样能折射日光的七彩。我曾经绞尽脑汁想弄一颗来戴在指间。当戒指已交付定制，我忽然知道这种松脆的石头会因为磕碰而碎裂，因为失水而暗淡。欧泊是水滴的复制品，每天有无数水滴从我手上滑过，我并不以为意，但对于这颗复制品的终将损坏，我却耿耿于怀。

昂贵的东西提供了一些虚假的许诺。祖母绿许诺永久地持有绿荫，红宝石许诺永久地持有火焰，豪宅许诺天际，游艇许诺波光。绿荫、火焰、天际、波光因宣告不被持有而无法标价，因此人们寻求那些愿意被标价的、次一等的东西。对这些事物的持有，标明了人对美的无限爱意，可宝石会丢失，天际线上会长出新的高楼。因此，这些昂贵的东西也不能阻止我们在一日一日地死去。

奇怪的事情是，如果静静去想，当我们死去的时候，世界其实不受到任何搅动。按照法常的说法，当他走在圆寂的路上，梅花恰在最好的时候。在地球之外，明月光转，银汉西流，宇宙正生机无限。它今日盛开一树梅花，明日又让它凋落。它今日催来漫天瑞雪，明日又叫它消融。但梅花后又有芳菲，瑞雪后又有春秋。那些最美好的事物，不需要我们悉心持有、仔细收藏，不需要我们保护、爱惜，它们自然而然地存在着，不会丢失，不会消亡，不劳我们操心。

人是财物的收集者，更是记忆的收集者。一无所有的人也不愿死去，因为依然深爱这个世界。那些无法持有的瞬间，只能靠记忆在心中留下影像。我曾经看到一幅蓝宝石的彩色铅笔画，作者在画的右下角写了一行小字，她说在展会看到一颗美丽的宝石，可惜买不起，就只有画了下来。记忆的作用也与此类似。

记忆是我们生活过的痕迹，但记忆的负累在于它总是提醒我们去持有那些不可持有的瞬间，因此无法告别。就像带小孩子去旅游，大巴车已经发动了，小孩子却还在泪眼清清地要求"再玩一分钟"。他的心智还留在对上一站的挚爱中，没有准备好迎接下一站的惊喜。当汽车远去，他刚刚爱上的那个世界就一点一点地破碎掉了。除非他能够领悟，有同一种力量在悉心照看身后的世界、眼前的世界，以及照看他自己；不然他无法安下心来，在一站又一站间到达和离开。

"蝶梦南华方栩栩"说的是庄生梦蝶的事，"斑斑谁跨丰干虎"说的是弥陀化为丰干禅师，跨虎以清净之水救人于病厄之中的事。南华之梦不因它必将醒来而显得无谓，爱一个梦也并不是罪过，只是爱也无法将它留住。蝶梦之朦胧，虎鸣之铿然，告示了离别的到来。当生之留恋萦系于心，只有死之觉悟足以慰藉。因为死亡不是终止，就像日暮不是终止一样。

王安石写过一句诗，说"春风日日吹香草，山北山南路欲无"，这句诗写得像宫崎骏的动画一样。寒山也写过一句诗，说"十年归不得，忘却来时道"。寒山在"忘却"上重重着笔，是说经过修行后的澄明心智已然毫无沾滞。王安石写的是每个人在春天里都可能获得的瞬时的领悟——春风的勃勃生机、春野的修复力。人类生命的路径被自然覆盖，在惊讶之后，便领悟天地的生机流转本是如此，而对失路的不便不再挂寄于心。

"而今忘却来时路。江山暮。天涯目送鸿飞去。"从童年以来，我们的心智被"怎么办"占满，寻路时焦虑，失路时惶恐。死亡是真正的无路可走。死亡时，我们必须交出所有的心爱之物，交出对"怎么办"的确定答案。从这个意义上来说，人生中最接近死亡的环节是出生，因为婴儿也是两手空空地来到这个不确定的世界上的，长成，然后不舍离开。

死亡不但是过去经验的闭合，也是今后经验的开启。这如同日出日落，本来不可分割。因此，当法常提到死亡，他说是江山日暮、归鸿飞去。苏轼说"泥上偶然留指爪，鸿飞那复计东西"，当生命涌入另一个时空，它必须先卸下过去经验的负载。如果把拥有的经验的集合当作生命的本身，轮回就没有连续性，人生就被看作无谓的生生死死。但如果认为生命不隶属于那些偶然拥有的经验，天地宇宙就成为人生的延展。于是无须辞别梅花雪月，因为当其交光之时，展现的是你异日生命的形态。

哪怕生命还很年轻，死亡依然值得讨论。因为象征性的死亡时时刻刻发生，带来人世的痛苦。曾经拥有的事物不断在丢失，未曾得到的事物深藏于记忆。前者带来不舍，后者带来不甘。我们将生命用在收藏珠宝、房舍、衣物、书籍，或者是友朋、才能、情感、成就。每一次失落，我们就小小地死了一回。

我愿意编造一个故事来结束这次诗词赏析。在一个岛屿上，有一条小溪，阳光下每颗石子都焕发异彩。一个孩子经过这条小溪，停了下来。他捡起脚丫碰到的第一颗石子，又捡起第二颗，直到把全身的口袋都装满。

日暮时，他不得不回家了，可是袋中的重量让他寸步难行，何况不远处的溪水中还有些更美的石子。他想了想，就把所有石子又放回了小溪，然后愉快地走了。

所谓收藏，不过是搬运。天地育化万物，各有其收藏之所，干什么要我们搬来搬去，这么辛苦？把石子收藏在溪水中，把佳人收藏在世界里，就远离了不甘不舍之苦。

是要感谢则旭法师美好的声音，寥廓清明，将挚爱与领悟、依依不舍与无沾无滞阐释得这样丰富。我将这首歌视为幸存、疲惫、休憩和轮回之歌。

关于秋天

一、秋的模糊时间

为什么十月了还有蚊子？

所有在春天开过的花又都开了一轮，于是江南居民的生活秩序变得错乱。室内外的温度、阳光下山川的视觉、暮色中蚊蚋的缠绕以及小黄狗身上没有来得及长出的绒毛，都明明白白地表达着，江南的秋天还没有到来。但是在人类的店铺中，钟薛高冰激凌早已在两个月前甩卖完毕，优衣库的服务生穿着短袖 T 恤满头大汗地上架羽绒服。江南的居民把计划表看作是真实的，而把秋神的随心所欲看作虚假的。

中秋节那天，无锡寄畅园拍摄宣传片，一位清代的书生在梦中折桂送给佳人。导演踏遍了每一座山，都没有找到一枝带有花苞的桂花，于是他只能去工艺品市场买了一束假桂花，将米粒大小的塑胶花头采摘下来，再用黑色丝线绑在真正的桂花树枝上。镜头中桂影婆娑、园林幽深，大有"露从今夜白，月是'梦中'明"之感。导演并不知道自己是在模仿屈原。在《离骚》中，屈原碰到的麻烦不是秋天的花不肯开，而是春天的花凋落得太早，所以他在对历史和自然进行了一大段吐槽之后，决定自己去倒转时间的齿轮。他先是让驾驶太阳车的羲和帮助他作弊，把太阳车开得慢一点，然后用这偷换出来的时间去"路曼曼其修远兮，吾将上下而求索"。最后当屈原到达东方春神的花园，他自己说"溘吾游此春宫兮，折琼枝以继佩"。他把春神花园里那些玉做的、永远不会凋落的花折了一枝下来，缠在他那个一会儿枯萎了、一会儿枯萎了的兰花佩饰上。果然这个无机物的琼玉之花很好。过了好几百句，屈原把《离骚》里所有的花都写死之后，整个世界就只剩这一朵还在散发芬芳。

中秋之后又过了十日，国庆节到了，在 30℃ 以上的高温天气里，惠山菊展居然按时举办，一盆盆金色的、紫色的菊花开得很像是秋天。诗人赏菊赏到快要作出诗来的时候，忽然有漫山遍野的知了叫声响起，将诗兴都赶跑。他想不通，致信公园管理处询问，这些菊花是不是在冷库里冻开花的。公园管理处的绿化专家认认真真回答群众问询："秋菊一般应该在15℃左右花芽分化而开花。为了满足广大游客国庆假期观赏的需要，我园采取了遮光处理，促使菊花按时开放。"

虽然菊花是催熟的，桂花还没有开放，但城里的咖啡馆和奶茶铺中，桂花拿铁和桂花厚奶都已经上市了。而秋风不起，蟹脚不痒，螃蟹们也照样被五花大绑、肚皮朝天地整齐摆放在超市的促销柜台上，海报上写着"菊黄蟹肥，买二送一"。顾客大都带着疑惑的神情走过，似乎在我们江南，每个人的脑子里安着一个吃蟹触发机，如果没有闻到满街满巷的桂花香味，好像也就不那么想吃螃蟹。哪怕勉为其难吃了，也会疑心那只螃蟹并不是阳澄湖里土生土长的，而只是用阳澄湖水洗了下脚。小学生的奶奶和外婆们担负着买菜的任务，她们忧心忡忡地看着没有胃口去吃的螃蟹和寥寥无几的叶子菜，连唠叨"立秋了，早晚多穿衣服，不要着凉"的嗓门都降了下来。但她们又不甘心活到这把年纪眼睁睁看着小猢狲们十月里还光着胳膊露着腿。于是大家你歪一下眼，我撇一下嘴，一致认为今年很不正常。

到底什么是正常？如果到了十一月，天气还是30℃，我们可不可以依然光脚穿凉鞋，大口吃冰激凌，在"水上世界"穿着比基尼消磨周末，而且把"年底交稿"置换成"到冷得要死、怎样穿都不会漂亮、外面也没啥可以玩的那种天气再交稿"？如果天上那个掌管时间的人，就像大学食堂打一勺红烧肉，再饶上三个鹌鹑蛋的大嫂，她就是愿意多给人类两个月美好的夏天，我们一定要用这两个月来穿秋裤、喝阿胶、赶完某个随口承诺下的稿子吗？

同样，人类的年龄到底是什么？为什么年龄一定是线性的？有没有可能，有些人会在二十岁停留二十年，然后一下子变成四十岁；有些人的二十岁之后接着是五十岁，他在五十岁停留十年，然后又回到十八岁？我家院子里十月开花的梨树、樱花树和含笑树不会说话，但我觉得它们同意这个想法。在十月底一个温暖的午后被我打死的六只蚊子也会同意这个想法。

橘子树不好说，它一边挂着果，一边开着花，看起来十分不好意思。也许它在想，真的需要"在什么时节做什么事"吗？这句话里所说的时节，到底是以温度计为准，还是以万年历为准？以树开花的渴望、蜻蜓飞行的热情为准，还是以阿公阿婆们的惊异为准？

二、秋的平行空间

多种真实平行地存在着，而我们习焉不察。多种秋天也是平行地存在着的。

大学毕业那年，周围的人都在谈里尔克的《秋日》，好像不会在酒酣耳热之际压低嗓音背诵"谁此时没有房子，就不必建造，谁此时孤独，就永远孤独"，就不算一个文化人。曾经我能写三页纸来对《秋日》进行赏析，但我其实从未经历过那种秋天：在无边无际的平原，夏日最后的阳光慷慨地泼洒在葡萄园上，叶子失水，边缘微微卷起，果实却日益饱满贵重。一个失意的过路人怀着对葡萄酒的渴望想象着那种甘甜。行行重行行。行迈靡靡，中心摇摇。我觉得我见过里尔克在写"主啊！是时候了。夏日曾经很盛大"时的那种光线，但我记不起来是在何时了。我能想起的画面是在暑假快结束的那些天里，坐在咖啡馆的玻璃窗内，借助室内空调的冷气与室外炫目光线的落差，看着儿童玩耍在傍晚的广场上。一种似乎不真实但又不应该去戳破的甜美。如果记忆有远景，那似乎是更多的法国梧桐，树干斑驳，树皮剥落处露出灰白的颜色。树下是黄昏，而树与树交叉形成的树廊远处，还是蜜糖色的下午。

前几年秋天我有一门特殊的课。杜甫的《秋兴八首》，一组八首七律，平均一节课讲两句，从它的第一种解释讲到第五十种解释。第一句"玉露凋伤枫树林，巫山巫峡气萧森"。在被重复了五十遍之后，它变成了一种绝对的真实。喇叭里"秋风送爽，丹桂飘香，我们又迎来了学生运动会"的秋天悄然了，网页上植村秀琥珀金棕秋季限定色眼影盘的秋天也退隐了。玉露的白色、枫叶的红色、巫山巫峡"以巫为黑"的联想，玉的冷与露的凉，凋伤（树叶凋落到什么程度才称之为伤？），巫山和巫峡都写到了，却只用"气萧森"三个字描述。自上而下一片秋，自下而上一片秋。在这黑云密布的天地中，有细细的一带殷红正在缩减它的范围，褪去它的鲜明，而在红色的细部，又有无数白色鲜亮的霜斑。一个学生说:"我记起来了,我见过这种枫树。"这个肤色黝黑的广西女孩讲起她家附近的一条江。另一个学生说:"我想起来了,昨天晚上下自习时,外面也好冷,自行车的坐垫上都是露水,是白色的。"我们置身于黑云、红叶和白露的秋天,直到我想起小时候坐船经过白帝城。傍晚时分,窄窄的江面,两边直耸的悬崖,一座灯火璀璨的岛屿高高地悬浮在船头之上。

我喜欢从沉浸到几乎是专制的经验中跳脱出来的感觉。对比、错乱、搅动与不和谐将人从垄断性的真实中解救出来。在那个学期,我们有十六次借助那些啰里啰唆的注解,走入公元 766 年的杜甫的世界,像他一样夜夜坐在重庆奉节的江楼上,面对着白帝城的秋色。菊花<u>一丛一丛</u>地开放了。一整个晚上,月亮从背后升起,透过落光了叶子的光秃秃的藤萝,打在江边的石头上,然后慢慢移至中天,直到天明将近,月光转到了诗人的正前方,照在江中远处的芦洲之上。然后下课铃响了,学生在饮料贩售机前排队,轰隆一声,冰镇的可乐滚了出来。一个女孩穿着长到膝盖的格子衬衫,露出修长而光洁的腿,一手持着自行车把,挺拔而神色淡然地经过。

我忽然想吃蟹粉小笼包，也想起暮烟四合、牛羊下来，菜场门口的萝卜丝饼摊子，以及"世事一场大梦，人生几度秋凉"。

再往暮色中去，我会想起田野。我会忽然觉得，也许在城市中积极上进、努力规划、精致高雅地生活，是以牺牲一种真正的生活为代价的。而那种真正的生活，在我小时候听到《安徒生童话》里田鼠在秋天的田野上收集食物的片段时，在看到凡·高的油画《麦田上的乌鸦》时，在傍晚忽然闻到江南十月底烧田的烟气时，都会唤起我的渴望。它是回忆，是原乡，可是我又从未经历。我没有真正见过乌鸦盘旋于麦田之上的秋天，甚至凡·高所画的也并不是秋天，因为这幅画是七月份完成的。可在某个高速公路天色深蓝、沉默无语的瞬间，我却觉得"人间多少闲狐兔，月黑沙黄，此际偏思汝"。只要停车，翻越围栏，走下高速公路的路肩，眼前就会是那片盘旋着乌鸦的秋日的麦田。

三、秋的抵抗

生命充满了不可思议的微小抵抗。

读博的时候有个同学，他的身为普通工人的母亲，居然在苏州的房价猛涨之时为儿子买好了婚房。从母亲家到儿子的新居，公交车票要两元，早下车两站则只要一元。母亲隔一天去为他收拾一次房子，开窗透气，风雨不改，雷打不动，都是提前两站下车。有一次我在秋雨中走在那条布满围挡、遍地泥泞的路上，远远看见他家的一角新楼，忽然想起这位未曾谋面的母亲，她如大禹治水般的决心。她的抵抗是一种默默忍受生活的耐性。

《诗经》中有一首《东山》，讲的是周公东征结束，战士返乡。据说周公东征是一场正义战争，平定了叛乱，征服了东方诸方国，获得了统一的局面。但《东山》却只讲那个下级军官怎样一步步走在绵绵秋雨的归途上。如雾如霰的秋雨一直在下，他走过的路上，一寸国土经历过战争，一寸国土就覆盖着秋雨。诗句不厌其烦地讲，在雨里，村落变成了废墟，桑田被野蚕侵食。

枯死的树上，菌丝发出了荧光。村边的小土堆上站着巨大的鹳鸟。原先的庭院里现在有野鹿出没。栝楼和葫芦的藤蔓爬满了房顶，而被废弃的屋子里，是大大小小的蜘蛛在生活。没有一个人可以问，没有任何迹象向他表明会有幸福在家乡等待，甚至也没有谁向他解释战争的意义。他就这样在秋雨里一程一程地走，白天行路，晚上蜷曲在战车下睡去。

有一年秋天，我去加拿大留学，没有出过国，有点害怕。为了等一个伙伴一起走，从七月等到了十月。出行前一刻，同伴将父亲送进了重症监护室，我一个人带着两大箱行李从上海起飞，在北京转机，在温哥华又转机，最后到达蒙特利尔。在每个初来乍到、昏头昏脑的机场，我都看到那巨大的建筑在某个角落里有一扇小小的门通往外面，而外面的世界是一站比一站更深的秋雨如烟、黄叶飘零，一律刷成姜黄色的各类工程车在忙碌运行。在两日之间，我从上海的初秋跌入了蒙特利尔的深秋，雨却没有停过，似乎从东半球到西半球，下的是同一场雨。

《东山》中那位西周军士的衣服一定没有干过，因此"制彼裳衣，勿士行枚"既不仅仅是战胜的部队要做点新衣服犒劳军士，也不仅仅是军士厌恶战争，因此急于换上平民的衣服。在苦雨的时节里，优雅的宋朝人感慨"衣润费炉烟"，每天要花很多柴火将衣服烘干，而如今我则一到连绵秋雨就想去无印良品的店铺中购买蓬松大浴巾和法兰绒睡衣。

我坐在开启了暖风的车中，想起二十年前江南的秋天。那是鲜少私家车的年代，似乎整个秋天都下着雨，傍晚时的十字路口，自行车的铃声响成一片。每个人都在抵抗秋雨带来的麻烦：抵抗被风吹起的雨披下摆，抵抗雨水顺着帽檐流到了眼镜片上，抵抗车灯和红绿灯在镜片上的折射，抵抗后座的小孩不知道把膝盖夹紧所以湿透的裤脚，抵抗因为潮湿而变得很软的作业本。在大多数时候，这些抵抗都会胜利。家家户户的厨房里，炒菜的油烟按时飘起；窗前橘黄色的台灯下，一个个埋头写作业的小孩。

古人把连绵不断、不讨人喜欢的雨称为苦雨。我们能否在人群中一眼认出那些曾经被苦雨磨炼的人？焐不干的鞋子，撑不住四方来雨的伞，提着东西因而冻得通红的手，在雨里停得太远而且挤不上去的公交车。这些事都不值一提，但当它叠加上生活的其他部分，如它发生在一个高中生筋疲力尽的补习途中，一个应聘者辗转换车却迷失的路上，一次最终导致分手的争吵之前，我们是否会忽然从那些棘手的问题中走神出去，想起"我来自东，零雨其蒙"？ 那"零雨其蒙"的感受如果足够强烈，就将会串起我们的人生，将补习者、应聘者、失恋者和旅人的身份融合成一个存在感十足的"我"，而将那些试卷、迷路、争吵与通关推远到雨幕之后的世界中去，甚或在零雨其蒙的道路上，看见那个西周军士的背影，明白我与他不过是同一个人。

东汉的郑玄说，鹳鸟能够预知阴雨，当雨季到来，它就叫个不停。丹麦的安徒生则说，每个婴儿都是母亲将要分娩时，由鹳鸟带来的。我同样喜欢这两个故事。鹳鸟体型庞大，声音滞涩，不适合用来装点人类的诗情画意。下雨时它们无处躲避，常常呆立在自己的巢边、人类的屋顶上，等待雨停。将为人类运送婴儿的任务交给这样的鸟，必然比交给黄鹂、鹦鹉、孔雀或朱鹮更为合适。

霜降那天，江南的桂花终于开了。

在夏天，人们有很多关于桂花的约定。夏天我走过一间布匹店，听到一对男女在商量，选一段亚麻还是丝绸，更适合做两件适宜在风中、在月下、在桂花开处、在肌肤相亲时穿着的睡衣。

现在回忆起来，盛夏的阳光如此遥远。而第一阵迟来的寒流过后，家家户户都已将亚麻和丝绸洗晒干净，压入箱底，估计那两件精心制作的睡衣，并不曾熏染过今秋的桂香。天气预报说之后两周，气温又会回到20℃以上的"南方的好天气"，但已没有人会去开启夏秋的衣箧。现在桂花开了，我们终于可以把姜末切细，在镇江香醋里调上白糖，像像样样吃掉一只公螃蟹，再吃掉一只母螃蟹。然后放心接受，着棉的时节已经到来。

事 关 冬 季

一、物质匮乏时代的甜蜜

深蓝丝绒，银线的雪花，金线与红金线的雪橇。也许曾有过这样一块布，在我的马口铁盒里。在那些新年贺卡和圣诞贺卡底下。那时候写贺卡是一件神圣的事。学校门口的文具摊上，不仅有压花镂空的立体贺卡、带蜂鸣片的音乐贺卡，有时也有贺曼贺卡。小小一张，不烫塑，配有纸质最好的信封。那时我们那么小，已经知道选出最豪华的贺卡送给班主任。最好上面烫着金字，已经写好了"教诲如春风，日日沐我心"。而在亚光卡纸中间印着小小一幅画的贺曼贺卡，却要留下来，花很多时日去想写给谁。

年末的日子就在挑选贺卡中过去。下午三点的活动课，男孩们穿着蓝色运动服在操场上踢球，我们在操场的边缘假装运动。隔着当时还并不修剪的荒草，看过去，苍黄的天色之下，那些踢球的人像是红蓝铅笔在牛皮纸上画出的影子。那是灵魂还没有跟上身体的增长。那张贺卡写给谁呢？纯白的画幅中心只印着一张黑白照片，一座架空在城市顶上的立交桥。带音乐和烫金的豪华贺卡送出去了，镂空刻花贺卡也送出去了，贺曼贺卡最后送给了谁？很多年以后我才知道，那张贺卡应该留在我手中。

有一些奇怪的句子，我首次见到是在贺卡上。一张正方形深蓝色的贺卡，画着一枚凋落的荷花，写着"青青子衿，悠悠我心，但为君故，沉吟至今"。那时我从未听过这些话。那是 1990 年，电视机里传来"悠悠岁月，欲说当年好困惑"的歌。于是我想，它说的是凋落，是表白，是长久的岁月。一张烫银的贺卡，封面是闪闪发光的群星，打开却有一群绵羊和三个牧羊人。它们正从折叠的倦怠中站起来。在背后深蓝色的群山之上，印着细细的一行银字："有三个博士，从东方来到耶路撒冷。"我读出"耶路撒冷"四个拗口的音，不理解东方的博士为什么这样装扮。又是到很多年以后，我走进柏林犹太人博物馆一间没有人的放映室，屏幕上成千上万身着白袍的人排队走向哭墙。那时我忽然想起它。

我保留了很久的一张贺卡，封面是一个全由饼干和糖果做成的屋子。方饼干和小圆饼干的墙，手杖糖的嵌花，水果糖的窗，软糖的屋顶。我想它是童话里的屋子，很多次几乎就要拿出来写了；可是做要紧用太浅薄，随便应急又舍不得，于是就留了下来。研究生毕业那年，我走进一家元祖食品店，忽然看到几十间饼干做的屋子放在柜台上，撒满了白色的糖霜和红绿小软糖。原来它叫姜饼屋。但我已经过了吃姜饼屋的年纪。以后很多年，每年圣诞节，我都给朋友家的孩子买姜饼屋。

好像也就是从那年开始，我们的世界迅速被物质充满。不管是铃铛、彩带、元祖的姜饼屋、星巴克的圣诞限量版杯子，还是香港莎莎超市成堆的圣诞化妆礼盒。很快我就对物质失去了兴趣，一直到留学那年。因为非要和 20 世纪 90 年代前辈留学生的经历较劲，靠公费生活，并省下一半，我重新感到物质的饥饿。蒙特利尔谢布鲁克大街奥美商场的圣诞橱窗彻夜亮着，由机械驱动的木偶在童话世界中穿行。系着贺卡和缎带的礼物撒满所有枞树和雪地。那是一个巨大的音乐盒。夜里路过，我扒着玻璃窗望进去，像卖火柴的小女孩望进她的梦，像《纳尼亚传奇》里的艾德蒙望进土耳其软糖。对物质的渴望忽然同时点亮了幸福与忧伤，就像小时候，从买来又送出的贺卡上去望那些不知道会不会来临的世界。

二、那些世界都来临了，然后失去吸引力

我坐在上海一家酒店的大堂里，离出发还有一个小时。巨大的圣诞树就在我面前，服务员在我背后一桌介绍圣诞下午茶。但当我把电话打到我妈指定的餐厅，为她第二天的聚会订餐，被告知那是平安夜时，我还是十分震惊。怎么圣诞节真的来了？2021 年就要结束了吗？那些我要填的表格、即将关闭的系统、想要换种过法的一年，马上就要结束了？室外 17℃。一只金毛趴在草地上晒太阳。两个男人把身体摊开在长沙发上，交流自己家房子的价值：你家值一千五百万，我家值一千二百万。房子是好房子，就是三十年住在同一块地方有点没意思。

拉丁美洲有冬天吗？我忽然想。我出第一本书的时

候，在杭州单向空间做活动，有个读者带了一本波拉尼奥的《遥远的星辰》送给我。白色，烫银的封面，小小一本。我从未读过这么荒诞的故事，只记得很多人死了，飞机尾部的烟雾在天上写诗。后来我每年冬天看十本拉美小说，看完之后就不觉得现实有什么荒诞了——不是社会现实，是我个人的现实。我多么想理解发生在我身上的每件事。一个结果，必然有一个原因。不是吗？如果我能把那些原因找到，是不是就可以去除所有遗憾？可是看拉美小说，一个人驾驶飞机在天空写诗；一个人驾驶飞机运送大麻，带回整包美金，为妻子造童话庄园。故事戛然而止，留下天畔群山孤草亭，江中风浪雨冥冥。在单一的反省中获得的解释，在全景中涣散。来不及找到原因，人生就结束了。生命终归是个奇迹。

如果恰好生活在某个地方，如上海，12 月 23 日，17℃的气温；或者圣地亚哥，12 月 25 日，32℃。生命中是否一定要有个冬天？如果没有，必须将它扮演出来？弄些泡沫塑料的雪花、气罐里的雪粉，差不多的气罐，上次喷出的是火焰，再上次是发胶。曾经的江南是有冬天的。清代太仓女作家王慧的诗里，她用冰雕了一个盘子，用雪做了一只猫，把雪猫放在冰盘里守门。最后一个这样做的女诗人去世于1902年。一百多年里，什么都变化了，包括四季，也包括人。那些在过去，随着出生奉送的大礼包，里面有些品类，在我一生中都不会存在了。而我依然会因此内疚，为我们这里的冬天这么不像冬天，我这么不像她们。

在我小时候，冬天有时还会来。我对雪的记忆不多，但是有冰凌，学校操场靠着大厂的公共浴室，顶上冒着蒸汽，管道上挂满冰凌。男孩子拔下来击剑，冰凌在通红的小手中融化，析出人类的毛发。我们就这样长大，越来越清洁，在酒店被单上看到一根头发就要投诉，半夜打包行李换房。记忆中最后一次大雪是2008年，满城的香樟树，经冬不凋，翠叶缤纷，因此承载了以吨计的雪。第二天的艳阳之下，香樟像是过了节，到处是树枝断裂的噼啪声，整个城市被浓郁的樟树油香气涂抹，交通停滞。那是我最后一次见到江南的冬雪。2018年据说有雪，但我没有记忆。

每个人都能轻易找到"正常"是什么的时代过去

了。先是失去了雪，然后失去了冬雨，再后来的冬天，日日是好日。直到有一天，我知道像个样子的冬天再也不会回来。一个季节从江南抹去了。我独享着这个秘密，觉得无法承受。就像有时我觉得触及真知，却唯恐因此显得更不正常。这脆弱的灵光，关乎生命的意义，关乎对自己满意不满意。

三、自然永续更新

小时候我读苏联童话《十二个月》，只记住了冬天的森林中，四月之神为一个采摘鲜花的女孩向他的兄弟们求情。于是正月、二月、三月依次让开，起立并唱起歌谣。歌声中，雪地中间露出泥土，长出嫩草，开出蓝白色的花朵。女孩往篮子里装满了鲜花，四月拿出一枚订婚戒指套在她的指头上。我对冬天的记忆也是如此，总是掺杂着春夏的气息。爱德华王子岛的冬天，是苹果花开之前的冰雪消融；去年陆家嘴的冬天，是黄浦江的雾气在近夜时变得浓重，我在羊绒长裙里穿着丝袜，走过一盏红绿灯。

2020 年初，武汉在封控之中，一段视频流传。北京东三环高架路上，车辆稀疏。一辆车往茫茫大雪的天地里开去，中央商务区的"中国尊"和央视大楼缓缓后退。所有现代城市的不和谐，都被雪晕染，成为一组立体主义的蓝灰色块。大提琴的配乐听起来是春雪的味道。我从未觉得北京这么美。那种错过了的美。那时我们觉得，过去的世界已被收回，而我们未曾在它被收回之前足够珍惜。奇异的是，那年五月，我到达北京，暮色中的颐和园几乎空无一人。我看到了同样一派蓝灰色的茫茫天地。园门前，小火车亮起橙色的灯一路上山。晚风中有暖意，一个夏天正在来临。

雪地上的黎明是粉红色的。三十岁前最难熬的一个夜晚在蒙特利尔，等待被一个隔着大洋的电话宣判。那一晚我坐在窗边一张红色躺椅上，靠着散发巨大热量的暖气片。窗外是被大雪淹没的后院和别人家的后院，院子与院子间的栅栏埋在雪下，连成一片无边无际的雪野。那一晚我将我的一生最坏的可能都已想过。窗外的黑暗渐渐变成略带透明的深蓝，雪地先于天空变亮。一个人在远处齐膝的雪里费劲地走，弯着腰，身体前倾。

我打量他时，天地在一瞬间变亮，雪地变为粉红。一道耀目的阳光从地平线上照过来，将雪的颗粒折射得如同砂砾。随即电话声响起。那是件小事，可是当时我不知道。我如同在爱丽丝的洞穴中一路坠落。在看到粉红色的雪地之前，一直是深不可测的黑夜。

我甚至曾经想写一本书，叫《春天的夜晚摸着小河马的屁股静静地读一首诗》。这个念头出现的时候明明是冬夜，可我觉得从那个夜里走向春天，比在春天时更近。小河马是托芙·扬松笔下的姆咪。它们住在芬兰森林的姆咪山谷，每年从十一月到次年四月冬眠。在冬眠之前，要吃饱松针，将房子中间的炉火燃起。扬松和她的同性爱人曾独自居住在芬兰海岸的一座无人岛上，那里没有供电。在冬天，也许她们也点起炉火，围炉冬眠。我想我身上某个地方，永远存在着远离尘嚣的愿望，因此被姆咪吸引。但他们说，一本名字里有"摸屁股"的书恐怕不好过审，哪怕是小河马的屁股也不行。于是这本书只能取了一个老老实实的名字叫《诗人十四个》。

何况是在江南不算数的冬天。一到十二月，狗子常在半夜叫我开门，放它出去赶猫。凌晨三点，我穿着睡衣，光脚站在院子里时，常见到不可思议的景象：在某个寒流到来的日子里，夜里我感到寒冷荡然无存，温暖的水汽带着荇藻的气味在近地面流淌；树的影子里，花苞在叶腋部膨胀，似乎明天就要开放；头顶上，大量夜间航行的飞机穿行，机翼的灯光无声地闪亮，它们在夜间默默到达这个城市，它们在夜间默默离开这个城市。我在某片云彩上折返了目光看我自己，思索着这个人，她的命运和这个地点的关系。就像火车掠过某个国境时，一个妇人正在阳台上晾晒床单，我猜想她的命运。

四、决定留在过去的东西构成了停滞之美

江南温暖的冬天像一段停滞的时间。我却用它来完成欠下的功课，以免在春天感到生命疾速流逝。2021年1月31日，院子里的木香花长出第一片新叶。2020年1月30日，河滩上的艾草已经有手指长，蒲公英开出黄色的花。每个春天袭来的时候，我都措手不及。在冬天时，山河睡着了。太湖边上那些小小的半岛，环岛公路

一半在湖面的阳光下，一半在山峦的阴影里。大片蜿蜒的草地，水边完全伸展的树。在这里我像一只小兽。我觉得我生于此地，存在于此地，似乎十分可以。此间之外的事忽然离得很远。生命不必寻找额外的意义。

但太阳一下去，便是岁暮阴阳催短景，天涯霜雪霁寒宵，如果不能动笔去创造，就仿佛我不存在。我常赶在太阳下山前，开车走完回城的公路，将自己关进书房，开始写我庞杂写作计划中的某个章节。

我买宜家最便宜的工作桌，发愿写完一本书就要扔掉一张桌子，而最快乐的却是组装桌子的时刻。我想如果不做老师了，我就去宜家做一个家具组装员。那些不需与人交流的时刻，只需要一个空间的想象，将平面搭建成立体，此外的神志可以游离到任何地方而不被打扰。那些庞然大物被搭建又推出，在我屋外的星光下等待，又被拖到某个我不在乎的地方。这样的想象让我快乐。

卡尔维诺写过一个一辈子住在树上的人。他住在树上，但什么都没有错过。他说："《树上的男爵》中有一条通向完整的道路，这是通过对个人的自我抉择矢志不渝的努力而达到的非个人主义的完整。"如果住在树上可以如此,那么为宜家装家具也可以如此。

我们还是把很多东西留了下来。小时候应该寄出的贺卡,本该被扔掉的桌子,发誓要忘掉的人和事,太湖大堤边被藤蔓和野兔接管的电影胶片厂。正是这些曾经决定留在过去的东西构成了停滞之美。人们认为时间具有净化的功能,在跨过年的门槛时,可以决定把什么留在过去,把什么带到将来。因此寺庙元日的钟声常被重金购买。但我常在想,当钟杵传到手中,会不会有人在瞬间放弃了原先的设定?他走下台阶,钟声还在回荡,自己却明白,什么愿都没有许。本欲丢弃在过去的一切仍然存在。只是有一种爱不再急于实现,一个愿望不必掐着钟点。关于未来的计划则屈服于好奇。因为想知道生命里还有什么,所以愿意不带目的,就走入新的一回。

当过去对未来不再施加压力,冥王施于俄耳甫斯的警告"不要回头"也失去了威力。别后有谁来?雪压小桥无路。苏轼也回头,去问他在黄州的土地,自我走后,有没有人去看你。自我走后,恐怕冬雪已将通向你的道路藏起。于是苏轼要回头去找它。俄耳甫斯的回头将妻子永远禁锢在冬天，苏轼的回头却把未来变得开放而有趣。于是我们在江南临近岁末的晚风里，着毛衣或棉袄，骑车或步行，随意定义此刻是某个季节，走走停停，记得或遗忘，注视或回头。反正那些旧有的尘埃已粉碎成新的分子，一场从未有过的雨就要到来。

看 牙 情 书

一

从地铁站出来，有过往的人和无数绚丽的花朵。冬末的晚风已经带着暖意。我忽然快乐地捕捉到春天的咯吱声。早在春草变绿、燕子飞来之前，城市的春天已经来了。我们咬咬牙，可以决定在大衣里穿一条单裙出门。在高楼之间，在街边，隐隐可以看见有无数个黄昏奔来，等待我们用一生中所有想做而未做的事填满。

今夜我并不在意去的是不是诚品[1]，那些美丽的商场，带有书店、画廊和咖啡馆，每个我都喜欢。我们可以只是吃一顿晚餐。如果你要去买裙子，那也很好。如果你说我们去二楼看书，我一样兴致勃勃。

这样的夜晚，我对一切感到满足，我们拿起每一件

1　诚品，指苏州诚品书店。

精致的商品，观赏，然后放下。没有什么我们必须在今晚购买。没有什么不能让它留在这里，或者被另一个人带走。擦身而过的，是那么多年轻而好看的男孩和女孩，专注地走在书架间，在试衣镜前，在诗句写成的廊柱和穹顶下。

这里具备我对理想生活的所有想象，只是成千上万倍地扩展了体量。但我并不在意是否真的拥有这样一个理想居所。它只要在，只要曾经实现在地球的某个地方，我并不在乎是不是它的主人。正因其精致美好，我只需要安心路过，再回到我的小小楼阁。

可我依旧如此愉快，只是因为我们在一起，在一个好地方，在温暖的夜里。因为我们花了一个下午在牙医那里研究两颗奇怪的牙齿。

二

十年前，我们发现了一个新的乐趣，咬着棉花球在牙医那里约会。从李健给我们看过第一颗牙开始，我们所有的牙都是他的了。那是他的作品，他会用尽所有的本事。哪怕时隔多年，只要看一眼牙片，他马上会想当年修这颗牙的故事。于是很多次，我们借此回忆起诊室的搬迁、季节的过往和发生在我们身上的变化。

我心安理得地躺在诊疗椅上，听他自言自语，和我的牙齿斗智斗勇，听你讲起二十年前你们刚刚一起玩耍时的日子。劝走所有病人，花去整个下午，然后已经钻不动牙的牙医，还有已经张不动嘴的病人，一起找个房间抽烟。牙医好沮丧，为了这颗修好又坏掉了的牙。我们兴高采烈地陪他沮丧，笑话他剃光的头，笑话你变白的头发，笑话我不再好意思被喊成小姑娘。下班之前，牙医总算找到了一件开心事。你年轻时，他无法拔掉你断掉的牙根，经过这么多年，终于因为牙龈萎缩而可以轻易拔出了。

这次是你咬着棉花球，我带着满嘴的牙药味，嬉皮笑脸地跟牙医告别。那颗坏掉的牙只是暂时寄放在我嘴里，办法由他去想。

我们在走空了人的诊室里约定下次见面的日期。我们一起去，他给我慢慢修，给你慢慢做假牙，大概又可以用尽一整个春天。由你们决定吧，我都愿意，我珍惜这不需自己决定的时刻。

很多年前，你问李健说："你给所有人都这样看牙吗？"他说做不到。你又问他："你对我的牙这么好，到底是好在哪里？"他说舍得花时间。那时我还在读大学，你像我今天一样年轻。时间还没有为我们累积那么多可以互黑的素材——你还不知道有一天会独自光溜溜地裹在床单里等待癌症手术，李健从隔壁手术室抽身出来，笑嘻嘻地拍一下你的头。如今我们坐在一起互相取笑——"虽然不知道能活多久，但牙还是要先看好。"

三

我们口齿不清地计划去诚品，他保证我们可以吃晚饭。地铁穿过我生活了七年的城市。之后的八年，每次到达，都想要顺便和你约会。我们期待的东西都在到来，静思书轩、诚品书店、云门舞集。哪怕所有好事的来临都打了折扣，但我已经学会用半边可以咀嚼的牙齿咬晚餐，再用另外半边不怕冷的牙齿吃冰激凌。酸奶、草莓和杏仁末一层层浇上去，你觉得很好吃，我觉得还不错。

　　我们已经熟知这个城市中最好的一切。在人群奔忙的城市中，在某些角落，有某些人会为我们尽力。就像在纷繁芜乱的人生中，过不去的坎依然过不去，但剩下来的那部分，也足够我们兴致勃勃地度过今天。填不完的表格明年还是填不完，牙齿终究要脱落，这璀璨的城市有一天也会消失。在它全盛的时候，我们曾坐在街角一扇漂亮的玻璃窗前。人们说世界黑夜，但在进入那漫长可能无尽头的黑夜之前，此刻我们星光灿烂。

　　在《流浪者之歌》的巡演笔记里，林怀民说用于演出的金色稻谷，每一季都要重新阄[1]、洗、熏、染一批。我们是否有机会成为其中的一颗，与其他稻谷一起工作？与孤独同样好的，是与他人在一起时，不需要节制自己的投入和天真、放松和信任。

　　与自我完成同样好的，是为别人服务。我最喜欢的歌手说："当我不在独唱，而在为别人伴唱时，我在那个较低的、不属于我的音调里小心地唱，声音听起来就会

1　阄，指给小麦去掉胚芽，防止小麦发芽。

格外温暖。"因此我们也要锻造歌喉，为了有一天，可以压低声音，站在相互的侧影里，融出最美好的和声。

一张小小的咖啡桌，最小规模的"我们"。一年里三四次的约会，一生中的一两百天。我愿意在独自一人的路上行走，也愿意是下一季就要被扬弃的稻谷，在时间到来之前，与你们在一起。

日 日 是 好 日

一、禅寺

入秋的夜里，忽然想起小林法师。几个月来，没有人知道他去了哪里。他的朋友圈还停留在六月：枇杷黄时，芭蕉叶下，花猫在酣睡。在《高山寺的梦僧》封面下，抄着明惠上人的和歌："在宛如旅途的人生，以野草为枕假寐，在梦中做梦。这绵长的大梦，知其为梦的你啊，醒来救助那些迷途的人吧。"

冬天，小林法师开设正念课，地点在太湖边一间从未听说过的寺院，从地图上看好像很近。我和卿卿在行李箱里装满了书本画笔、御寒衣物、饮料零食、热水袋和暖宝宝，搭了朋友的车从城里出发。穿过集市和小巷、河流和山丘，在一片银亮的湖面旁行驶。一侧是无数高大的香樟树，一侧是水草随着浪扑上堤岸。傍晚时，湖天明净，白鸥聚集处，路到了尽头。

时光停留了二十年。卵石湖滩旁，倾颓了一半的厂房用苇箔和竹篾隔断，做成水禽的窝棚。木桩、黄石和水泥合起来做成的小码头上，一只小黑狗隔着水面和白鹅吵架，水鸭一整群向外湖的银光游去。

黄楝树在蓝天下结满了树籽。树下是一个烟熏火燎的邪神庙，门联上写着因果报应的吓人话。因为年代久远，屋脊变成了"U"字形。黄色的矮墙里，四个黑漆漆的老头坐在高高低低的椅子、板凳或木箱上，围着一张桌子打牌。我和卿卿面面相觑，准备立刻掉头走人。

一阵风吹动黄楝树，顺着风的方向，院墙后一条林荫小路穿过翠冠梨和水蜜桃的树林，通向山顶。在更探入湖水和迎向湖风的顶上，另一个整洁的小小寺庙栖息在一丛高大的香樟树下，门扉半掩。

这是一个神奇的庙。庙墙上写着石屋清珙禅师的诗："禅余高诵寒山偈，饭后浓煎谷雨茶。尚有闲情无著处，携篮过岭采藤花。"庙里面只住着一个和尚、一个面冷心热的老居士。猫倒有很多只。有一个房间专门用来装一麻袋一麻袋的猫粮，每个人走过都可以进去挖一勺。

　　我常常怀疑其实这些猫才是庙的主人。打坐时，能从毯子里摸出一只猫来；准备睡觉时，另一只猫已经蹲在了被子上。小林法师经常在礼拜过佛像后，忽然发现有猫四肢松懈地躺在他的禅椅上；他只能停下来把猫抱出佛堂，再小规模地拜一下佛像，才重新开始晚课。

　　有一天早上，卿卿早起无聊去参观大殿，结果发现一只猫躺在释迦牟尼佛的头上，一只猫躺在药师菩萨的手掌上。卿卿努力仰起头看，它们就这样居高临下、头重脚轻、屁股也不挪地跟她打招呼，发出几声含糊的喵呜声。

　　我们就在猫群的检视之下坐禅，在巨大的香樟树下行禅，夜间睡在面对湖水的寮房里。清晨在门外盥洗，还未醒来的世界像一个浑圆清澈的水晶球。头顶星辰闪亮，远处的湖上，明月还照在水间。而整个深蓝的天宇中心，最温暖的一簇，正是廊下聚集的几间寮房。灯光渐次亮起，小猫无声无息地蹿进门外的夜色，一声磬响，早课开始了。

二、正念

人们因为不同的原因来学习正念，有的以为是在学心理学，有的以为是在养生，有的以为在继承传统文化，也有的以为在修行。我和卿卿每天尽自己的耐心打坐，但更喜欢去樟树林中散步，低头结识脚边的草木，抬头凝视树叶的光影。最喜欢的是吃饭，早中晚饭都很好吃，吃完之后还要默默捡一块点心放在口袋里，然后坐在湖水与山崖之间，花半个小时仔仔细细吃掉。

我们几乎满意这里的一切，惊叹，并且好奇。于是在很多散步和吃掉点心的时候，我和卿卿都在谈小林法师。小林法师非常年轻，颀长而清瘦，快乐而有趣，更像一个读书人。我找到他在佛学院读书时写的文集，像玩拼图一样去猜测他的人生。

这可能是我最能理解的一种人生。二十年前，一个年轻人刚从学校毕业，踏入职场，随即觉得世俗生活不能解答对生命的追问，就开始学习佛法；先是自学，后来皈依，再后剃度成为僧侣，进入佛学院。因为持续探寻心的本质，便有机缘接触到心理学中的正念疗法，再以僧人的身份来学习和教授心理学，最终就有了这处小小的、用以举办正念培训的禅院。

我们赞赏这样的人生，因为这是一条以生命的真相为准绳的觉知之路。在外面的世界里，人们忙忙碌碌地承受着人生的劬劳；在这里，我们却枯坐终夜，让心灵中层层次次密密麻麻的影像依次呈现。在某些时刻，会有一个最清晰的影像投影于心灵的空白屏幕，久久不去。我们用各种方式去抓取这个影像，成为诗歌、绘画、音乐和舞蹈，然后凝视各自的作品，认出它来源于记忆与心灵的深远之处。

几个小时，在日光照不进来的殿内枯冷地坐禅，然后投身到阳光与湖影之间，绘画跃入眼界的第一座霞光岛屿，采集枯竹枝间风的音乐，抓住一片熟悉的光，等待故事从记忆的虚空之域慢慢浮现。

一个三岁的小男孩尖着嗓子奔跑叫唤，他还不知道创作者需要不被打扰。小林法师把他搂在怀里说了几句悄悄话。在接下来的几天里，他时时刻刻紧捧着磬，把身体弓成蓄势待发的样子，等待小林法师给他一个秘密的眨眼。然后小男孩用全身力气猛地敲一下磬，惊讶地看见原先静止的大人都开始在禅椅上晃动；又经过漫长的等待，敲第二下，所有人都回到了打坐的姿势；敲第三下，碗里就都装满了饭食。小男孩恪尽职守，心满意足，筋疲力尽，没到傍晚就睡着了。

卿卿吃了晚饭，坐在庙门口，用整支的油画棒画湖中心夕阳下那仿佛用熔岩做成的岛屿。她看着小林法师送客的背影说："他像一个父亲。"

不知为什么，这句话使我们俩都感到莫名的忧伤，于是那天傍晚，我们走了很多的路，走过来时的湖堤，走过小桥，走过水鸟在夜间啼叫的湖湾；走过村庄，走过雕刻佛像的车间，走过恶狗的吠声。唯一一家亮着灯的小卖部里，一个老头探出头来端详，用和缓的语气说："哦，你们是山上小林法师的客人。"

三、法师

我决定去告诉小林法师，他像小林宗作校长。

小林宗作校长是《窗边的小豆豆》里的角色。他建造的学校，喜欢的人觉得是天堂，不喜欢的人觉得像个垃圾场。小豆豆喜欢校长，因为他和小豆豆第一次见面时，就微笑着听她讲了一整天的话。我喜欢校长，因为小豆豆把整个粪坑都掏了个底朝天来找钱包，校长经过，只是很自然地说："要放回去哦。"小林宗作校长中年、秃顶、胖乎乎。小林法师的鼻梁上架着金丝眼镜，因为身量太高，总是微微弯着背，把自己缩在灰色的、起了无数球球的夹棉僧袍里。他微笑着听别人说话，有人一直讲到饭堂敲过了三次木钟还不停止，他也只是摸摸肚皮说："哎呀我们都饿了，吃完饭再来听吧。"

我几乎就要认为他就是小林宗作校长了。打坐时鼾声四起，所有人都在断续地睡着，可是每次醒来，听到他稳定的语调，就知道身在何处，知道练习进行到了哪里。他说："如果刚才你睡着了，那也没有什么。"于是我们就在这也没有什么那也没有什么中横七竖八地练习着正念。禅堂的木门吱嘎吱嘎地开了又关，迟到的人蹑手蹑脚地走到自己的位子上悄无声息地坐下，我们一遍遍将注意力，从脚步声、鼾声、咳嗽声中，从厌烦、内疚、嫉恨中，拉回到呼吸上。

有人开始哭泣。一个姑娘想起了死去的父亲。我们听她讲述，她的内疚、委屈、悔恨，她胸口的疼痛、胃部的痉挛，难以呼出的气息。她讲得声泪俱下，小林法师轻轻地提醒只讲感受，不要讲具体的事件。那个劝告是个温柔的护持，避开事实的因果，避开贸然而轻率的分析，我们得以任由过往从语言中流过，流经所有明暗之地，流向过去，不再回头。

我们越来越多地喜爱与不解于小林法师。他专注地倾听这些悲哀的故事，轻轻劝你慢一点把伤口剥开，但搪塞你直接的追问；他看过很多书，却将一个把阴阳五行和六书附会起来胡说八道的江湖郎中请来推销艾灸；他将寺院修整成"采菊东篱下"的样子，却在菊丛边与商人迎来送往，神情语态马上变成一个酒桌上常见的生意人。

我终究不能把他当作小林宗作校长，也不能把他奉为精神自由的象征。但我和卿卿都注意到了他礼拜佛像时优美的神态。在禅堂的墙上，嵌着一块抽象的砖雕，是佛陀微笑的侧影。晚课时，小林法师微屈着背，缓缓地走进来，停驻，凝视，双手合十，上身慢慢地，向心的方向弯折下去。那个微小的弯折几乎不为人所知所见，几乎只是他和墙上那朵微笑之间的默契。我一回头，在众人闭目禅坐的佛堂里，与卿卿眼神相遇。卿卿说："那不是在拜一个偶像，是在与自己多年的好友行礼，是说'你知道我的一切'。"

我在那个弯折里看到的是对这无解的人生抱有的忍耐和微明的希望。我审视着他佛前礼拜的姿态，一连七天，一丝一毫没有找到那个生意人的影子。

四、别后

时候到了，我们都要四散归去。最后一天的功课是手拉手围成一个圈儿，然后我们一起歌唱祝福，向左手，向右手，向中间和外围的世界。唱到第三遍，小猫旁若无人地从佛堂里穿过，小林法师唱："愿猫儿们都有猫粮吃，不打架。"大家都最喜欢这句，唱了又唱，余音绕梁。碗里猫粮像小山一样堆积起来，每人都想摸一下猫再走。

南风煦煦，婆婆纳开满香樟树下。在猫们不情不愿的呼噜声中，我们一个个走下山去，经过来时的堤岸、河流、乡镇和集市，重新投入尘世。

别后我常常想起小林法师。他的朋友圈里，过去一个冬天又一个春天，游人散去，寺院恢复宁静；田垄上农夫农妇荷锄相遇，茶树生芽，桃花与梨花渐次开放；然后是江南的绵绵细雨，枇杷转黄；春夏之间，在一张竹椅上，他读乌·焦谛卡的《炎夏飘雪》、欧文·亚隆的《直视骄阳》、河合隼雄的《高山寺的梦僧》和黑柳彻子的《窗边的小豆豆》。

因为父亲病重，他往返于医院和寺院。有段时间他写一些关于死亡的思考，想如何将佛法用于临终关怀，将正念用到助人者的自我关怀上去。清明前他在微信上简单地告知大家父亲已经去世，临终得到陪护。他说："在确认了几件重要的事情后，称赞老人此生对工作、家庭的贡献。一边被老人紧紧握住双手，一边对他散播慈悲。我愿你平安，我愿你远离痛苦，我愿你欢喜自在……"

过后是平静如常的两三个月，依然是读书，写文章，看山山水水，日升日沉，直到我要找小林法师为亚隆的新书《一日浮生》写书评，才发现他的朋友圈停留在了六月里。这个人找不到了！我去问卿卿，卿卿说不知道；我去问其他人，其他人窃窃私语；我去翻小林法师的朋友圈，里面写着《一日浮生》的笔记："我们全都是一日浮生。记人者与被记者都是，全都只是暂时的——记忆与被记忆亦然。等时候到了，你将忘记一切；等时候到了，所有的人都将忘记你。总要时时记得，不多久你将一无所是，你将不知所终。"十月里，另一个正念老师来看我，谈起小林法师，告诉我他还俗了。

那个晚上，在刚刚入秋的夜里，我想起小林法师，眼泪就落了下来。忽然觉得尘海茫茫，这个人却已经不在了。那个生物学意义上的人和一以贯之的精神体当然都还存在，但那个在寺院的阳光下笑着的年轻僧侣却消失了。我把这个消息告诉卿卿，我们欢快地八卦了一番。卿卿心满意足地说："真是丢人啊，我的禅修师父居然还俗了。"然后就把他的微信拉黑了。

又是一年的冬天。在雨雪里，江南的树叶不凋落，慢慢呈现出难以辨清是绿还是枯黄的颜色。我总是想起，猫山寺的天空，翠绿的香樟树叶在阳光里闪烁，晚风轻轻地吹，吹过樟树林，吹过少年时；猫在酣睡，孩子在嬉闹，我和卿卿坐在门槛上，小林法师从山下送客归来。

春天快来的时候，卿卿说要告诉我一个棒呆了的八卦。我扔下碗就打电话给她，卿卿在电话里欢快地说："小林要当爸爸了，他住在漫山。"我问哪里是漫山，卿卿说："你还记得我画的那张画吗？就是傍晚时从庙门口往落日的方向看，湖中间那个最好看的小岛。"

小岛渐渐从记忆中浮现出来。那是夜间湖面上的两三点星火，是清晨从黄石和木桩的码头出发，一叶渔舟的方向，是卿卿涂掉的整盒蜡笔，也是小林法师的微信头像——舟已离岸，隔着茫茫湖水，过去是漫山。

点开那个不再更新的头像，去年六月里的小林法师抄写着日本僧人良宽的话："深夜，听着冬雨，回忆少年时，那只是一场梦？我真的年轻过吗？"

猪·兰德的信望

每次写到不知道怎么收尾的时候，我就说："昨天晚上，我和小猪讨论。"后来我变得很不好意思，就把结尾改成"我要去北京抱猪痛哭"或者"我要给小猪带一束花去"或者"还是和小猪一起去买裙子吧"之类的话。久而久之，常立看到我的作文，就先直接拉到最后一句找找有没有一只高能猪出现。

其实深夜和小猪讨论问题，并不是一件特别愉快的事。不管我在吐槽什么狗血遭遇，小猪一定都能把它上升到信望的高度。有时已是凌晨，小猪还在长篇累牍地援引《圣经》，试图证明某一个讨厌的人也有值得被爱的一面，而我已经困到了吐槽不能的地步。这时我就在心里一万遍地说："快让那个人去死吧，不要再让他通过小猪来折磨我了。"后来有一夜，我们就绝交了。

第二天起床，闺密都在群里"弹冠相庆"。她们听说我和小猪居然半夜不睡觉讨论信望和宽容，最后还绝交了，都觉得十分高兴。如果把她们的一连串"溢美之词"归纳出来，意思就是"这两个病得不轻的人终于正常了"。根据她们的建议，这样精彩的绝交是要办酒席的；但生活在忙碌的都市之中，一切能拖则拖，于是没过多久，我们又开始了深夜神聊。

这次我受不了了。在听小猪援引了半天《圣经》和安·兰德之后，我睡眼惺忪地建议："米，我说一句你跟着念一句。"

我："这个家伙真是个浑蛋！"

我："我再也不想碰到他丫了！"

我："让这个讨厌的人滚蛋吧！"

我已经说得这样文明了，但经过漫长又漫长的等待，在我即将睡死过去之前，手机振动了一下，传来小猪温柔而迟疑的声音："是呀……他怎么还不去滚……蛋……呀。"

很久之后，我向涂涂抱怨这件事，涂涂充满感佩地说："你和小猪这样的人，都是不世出的。"涂涂眼睛里闪着星光坐在我和小猪的对面，在他看来，我们俩没有什么太大的不同，对世界都充满了毫无理由的信望。而且涂涂觉得，这种信望足够召唤出与之相配的现实，如果他以后决定要去完成某项伟大的事业，一定要把我和小猪抓去当吉祥物用。我和小猪一直都以为自己是知识分子，受到这样古怪的委任，实在只好面面相觑。

但因为这样的提醒，我和小猪的深夜神聊中又多了一个话题：为什么对我们来说，选择相信人，发现人性中的光芒，会相对比较容易？崔卫平写过一篇文章，叫作《要多少好东西才能造就一个人》。我们大抵是遇到了比较好的父母、朋友和师长，初入社会时又因为种种机缘，未曾被置于险恶的环境；虽然所有的挑战最后都会来临，但仅仅是因为挑战到来的速度比羽毛丰满的速度稍慢一点，我们就变成了人群中比较明媚比较积极的那种。

在"幸运"和"信望"之间，小猪一直都很纠结。当我们阅读书籍时，从来是那些并不幸运而充满信望的人打动着我们。但当自己成为幸运护慰下的信望者，我们应该如何使用这份幸运？很多个夜里，我们讨论某作者的残疾、某学者的自杀以及其他那些凭空消失的人。这些人似乎和我们并没有交集，但他们成为我们生活的背景，时时刻刻在检视着我们自以为的"信望"的牢固性。所有这样的讨论都没有结果，最后不外乎是小猪决定更认真地编一期报纸，我决定更认真地上一节课，以及"我们去买裙子吧"。

我和小猪疑惑相同而答案不同的一个问题是："面对艰难的时刻，我们是否有权利退缩和哭泣？"我退得比较多，而小猪总是在全力支撑。记得很多年以前，小猪第一次让我同时感到鼓舞和苛刻，就是我被一个特别不合理的制度搞崩溃了，像在玻璃瓶中攀爬又跌落的苍蝇一样筋疲力尽。而小猪跑出来说："兔妞，你不能把世界拱手让给你鄙视的人。"我当时想，如果是在我还有力气一点的时候听到这句话该有多好。

我不记得那次最终我有没有放弃。但之后有很多次，在我想撑开体制中的空间，而又确实遭到压力时，我会因为这句话而一遍又一遍地尝试，就像《肖申克的救赎》中，安迪一次又一次地写信要求建立监狱图书馆。大部分时候，这样的努力是有用的，这使我越来越没有办法以一种"世界就是这样了，我们挣扎也没有用"的态度来生活。因为每次这样做时，我会觉得内疚，如果小猪把她的《圣经》和安·兰德搬出来，我还会更内疚。

可是真的好累啊。有时我会觉得世界上没有比保持信望更花力气的事了。把对世界的爱都放在一篇文章的信望里，就像把一整个春天的花瓣都收集在一杯酒里，那么剩下那些空乏疲惫的时刻，用什么东西去填满？有一天，我写完了一篇特别深情的作文，又上了几节特别认真的课，再应付了一堆乱七八糟的事，傍晚回家的路上，却被突如其来的疲惫和沮丧击中，只能裹着衣服坐在路边，像城市中任何一个疲惫的归人。

那样的时刻没有信望，只有泪水。我忽然理解了，为什么在这个世界上，有那么多人热爱狗血剧。因为人生是如此艰难，光应付这种狗血的生活，剩下的心灵能量也只够晚上看看狗血剧了。而另外的一些人，虽然要应付同样狗血的生活，却还希望到哪里去弄一些额外的能量来，在生命的杂乱无章中创造出意义。如果有些人坐在你对面，眼睛里星光闪烁，那并非因为他的道德人格已支撑他永远地超越了这些问题，而仅仅是因为在此时此刻，他的生命恰好获得了饱足。

　　我在路边坐了很久，等待暮色渐渐把大地变成一幅水墨画，然后才慢慢地走回家去，听赞美诗温柔的曲调在音箱里无限耐心地重复。我和小猪说："我今天累哭了，你呢？"小猪说："我今天哭了两次，第一次是累哭了，第二次是被安慰了，然后又感动哭了。"于是我们搜肠刮肚地回忆那些曾打动我们的人和事，直到讲起她日记本里的一棵花树、儿时竹林深处的一树碧桃。在小猪再次神采奕奕地把她的《圣经》和安·兰德拿出来之前，我洗了个热水澡，在一首最甜美的歌中沉沉睡去。

在 春 天 里 摘 一 朵 花 走

　　我喜欢讲那些没有故事的故事。没有欺骗，没有误会，如果故事在一开始就解除了悬念，给我们留下的就只有叹息。曹丕说我们比较容易共享那些目眩神迷的时刻，但等到欢宴散场、舆轮徐动、清风夜起之时，被推至心灵背景之后的百感交集才会重新从大地上浮起，氤氲凝结，成为无声的叹息。在那个叹息声中依然在侧的，才是朋友。

　　涂涂像邓布利多一样，背着一大包书从北京来江南看朋友。我们约在地铁站的 COSTA 咖啡馆，讨论一个即将开始运行的出版公司。我们谈到喜欢的书和喜欢的人，谈到他们被命运压垮或没有压垮的人生，谈到我们对教育和出版的希望，谈到来自书籍或他人的微小支持可能在命运中起到的巨大作用。

　　夜幕降临时，我正在讲一个小朋友追寻电影理想的故事。涂涂说："可惜这个故事最后是成功了，不然应该把它写下来。但我们现在不能把它写下来骗人，因为沿着同样的道路行进，更多人失败了。"我亦愿意写作那些尚在跋涉途中的人，因为我总觉得真正的生命问题并不是"是否可以成功"，而是"知道在结果中永远并存着同等程度的成功与失败，有什么能说服我们继续走下去"。故事说完的瞬间，我们寂然不语，在这甜美的气氛中酝酿着对世界与他人的感激。

忽然我决定带涂涂去看倪梁的摄影。在春天的夜里，九点半钟，我们五个围着一张旧木桌，开始看倪梁做的影像书。一张照片如何是好的？我不知道怎么回答，就像我不知道一首诗如何是好的、一个句子如何是好的。但我善于使用的工具是遗忘。当我每天像蚂蚁啃噬落叶一样吞进无数的影像和文字之后，在夜间，在黑暗中，万有均已熄灭，而此时有一帧画或者一句诗亮起，如同孤灯亮起在黑暗的隧道，那就是好的。

我格外小心地翻阅，唯恐遗失了摄影者和设计者留在书页里的心意。有时我觉得艺术家和写作者是这样一种人——世界那永恒幻化而无可捉摸的影像有时会以特别清晰的方式投影在这些人的心灵上，就像一只蜻蜓栖止于花瓣。而你必须屏气凝神，将这一瞬的清晰转印下来。艰难在于，这清晰只有一息之长，你却需要有足够的敏感去体察它，有足够的清明去摹写它，以及足够的强韧去持有它。为了把所有能量都调往这个瞬间，艺术家必须暂时关闭自己的另一部分功能。也因此，他成了丛林原则中最脆弱的那个人。

那一帧帧影像在我心里亮起时，他们正在聊昂贵的书号、印刷厂的高残次率、艰难的独立出版和批评界的苛刻势利。我的眼前仿佛有两个倪梁：一个藏在那些蔚然深秀的山河影像之后，忠实转写着世界的友好与创作者的自足；另一个是坐在我眼前的这个年轻人，沮丧而愤怒，仿佛比谁都了解世俗世界的所有规则。那个愤怒中间，夹杂着抵抗和坚持、退却和怀疑。我恍然觉得自己被误当作了险恶世界派来的说客，前来挑战他的艺术标准。

我想我终于是被激怒了，开始大声争执。好在涂涂是一个最好的倾听者，他提出一个建议又放弃一个建议，一直退到我们都能接受的那个共识上。房间里安静了下来，春夜窗外有沙沙的声响，以及房顶不知何处木块崩裂的声音。再看一遍那些翠嶂与云岭，现代相机背后的隔江山色，一颗行游而走向深处的明净之心。不再争执的放松的身体开始感到夜的疲惫，无声中升腾起细微的羞赧和温柔，已经是深夜。

回到学校，空无一人，一树玉兰在春天的夜色中繁花满枝。刚下过雨的香樟道下，一条小溪通向远处湖与山脉的微光。我恍然觉得哪有什么古与今、东方与西方，那帧青城山色的照片与《听客溪的朝圣》并置在山脉的墨色背景上亮起，以最为简朴的方式，直接而动人。我和涂涂说，忽然感到心疼。涂涂回答："倪梁确实是很苦的艺术家。摄影选中了他，后面的事就不管了，全要靠他自己去应对。生活压力、名利场、孤独等，以及更重要的，艺术本身的艰难突破。这样的人生状态，可以拍出那样的片子，很了不起。"

我不知道这样的片子是不是真正了不起，就像我不知道我的写作是不是有价值。但是很多年来，你们一直这样说、这样说，于是我就写下来了，并且也慢慢学会对别人说类似的话，看着别人的眼睛，像你们曾对我说时那样诚实。

涂涂说:"其实我们大家都是脆弱的,但居然可以那么好地互相支撑。"收到这条微信时,我正穿过雨后的树林,花都在暗中开放,看不到,但知道它在。我走啊走,走过很多黑暗的角落,终于有一棵开花的树恰好笼罩在路灯的柔光下。它有那么多饱满的花枝,好像在邀请我带走。于是我毫无愧色地采下一朵,并在心里暗暗决定了日后的事情。

在 大 学

确 认 自 己 的 力 量

人的生命有另一种可能，即在黑暗和混乱中，凭心灵的诚实和纯净走出一条路来，在荷尔蒙青春衰朽之际，建立起永久的灵魂青春。

成为"青椒"

一、欢乐的试讲

岗前培训是一件欢乐的事，其中最欢乐的莫过于"试讲"。各专业的博士们被"望文生义"地分成文科组、理科组和工科组，各自准备一节课来讲给督导听。没参加过的人也能想象场面该是多么热闹，前一个胖子刚讲完民主宪政，后一个瘦子就开始讲解构主义，下一个是平均律钢琴曲，接下来又是猪饲料发酵。

每个人都恨不得把十万字的博士论文复述一遍，但这里比不得论文答辩现场，没有那么多专家准备好问题适时发问，给讲演者一一反驳的机会。因此每个讲演者都像独角戏演员一样分饰数角，又是提问，又是回答，又是"一种观点说"，又是"这种观点的错误是"，跳来跳去，看得督导们眼花缭乱。

督导们都是退休的老领导，限于学科背景，未必能弄懂这些博士的逻辑。况且"博士论文"这种东西很是诡异，开题时没弄清的问题往往到答辩甚至出版时依然弄不清。博士们越写越复杂，越写越心虚，最后只能硬下头皮把一个兔子大的问题当作狗熊来战斗。当他们面对答辩专家或督导陈述论文时，额头上豆大的汗珠、脸上狰狞的表情都表现出问题的棘手和逻辑的复杂。

与专家往往纠结于问题却最终被成功绕晕不同，督导总是能透过现象看到本质。不管你陈述的是猪饲料还是舒伯特，他们都能沉着冷静地指出问题所在，比如说"语速太快""板书太少""表情太复杂"。精通于简单问题复杂化的博士先生和博士小姐们从来没想过可以从这些角度看待自己，往往在几分钟后才回过神来，过后便到处找人问："我刚才的表情很恐怖吗？"

我最大的错误就是选择了一个平易近人的题目，讲到一半又开始讨论起七绝的平仄。当我把"清明时节雨纷纷"写上黑板，督导们原先低头的抬起了头，没有表情的浮出了笑容。他们在老花镜后目光闪闪地看着我，看起来很想立即学会写诗。此情此景让我想起了一个广为流播的传说——古代文学课真的很容易被老爷爷老奶奶们听课。

老爷爷老奶奶们听了半天，迷惑不解的表情越来越浓烈。我心慌意乱，一下就讲错了，正忙不迭地更正时，却发现他们瞬间都换了冷静镇定的表情。一个督导当即提醒我："站稳讲台的第一条是错了也不能认错。"另一个督导接过他的话头："你可以说我就是试试你们能不能看出错误来。"

一屋子小博士们低着头笑得口歪眼斜。原来他们在论文里玩的花招，爷爷奶奶们都懂。

二、恐惧教育

签协议的时候，人事处的小姑娘柔声向我解释协议书，如果五年内评不上副教授，就不再续聘。

五年对我来说很漫长，长于过去人生的每个阶段。十一年在外的漂泊方定，回到家乡，觉得一草一木、校园里宽阔的水面和午后的阳光都比那个叫作"职称"的东西真实得多。

关起办公室的门，好心人找我谈话。花了三个小时，他要告诉我环境的险恶、竞争的激烈。

他说："如果你们系不把这个奖给你，别人就不会带你玩。所以明年拿不到，后年也拿不到。"

他说："奖项少'青椒'多，拿不到奖职称不能评，走人的就是你。"

走出办公室，世界似乎发生了某种变化。秋寒已至，行人匆匆，宿舍里的细麻布窗帘、骨瓷水杯、竹质书架、羊毛地毯和寂静中咖啡壶的咕噜声，都失去了美感，变成了一种不知死活的苟且偷安。

我愚蠢的正义感在此时忽然蠢蠢欲动，于是我掏出手机，给另一个"青椒"打了个电话，提醒他注意这个此时拿不到就永远拿不到，并且必然导致被解聘的奖项。他在电话那头厉声控诉居然对此一无所知。不到十分钟，第三个"青椒"悲愤欲绝的电话也到了，接着第四个"青椒"绝望地证实昨天就知道了自己那组不带她玩，并透露第五个"青椒"已经沮丧地和男朋友吵了一架。

在那个时刻，如果有楼外的眼睛，他会看到青教公寓的不同房间里，同时有五个年轻人沮丧地放下了电话，瘫坐在椅子上。不管是CD、QQ还是短信，都无法把他们从暂时的呆滞中拉回来。他们关掉下载了一半的电影，扔下手里的睫毛膏，一口喝掉杯里的咖啡，合上小说，调低音响，把刚取出的新裙子扔回衣柜。

"总不会所有'青椒'都被解聘吧。"半小时后，最年长的一个"青椒"回过神来。

"我入职手续还没办呢，这次没资格申请。"后知后觉的"青椒"某发觉自己白沮丧了半天。接着，一个"青椒"想起原本的计划是三年后去北京；另一个想起来男朋友还在南京，希望自己回去；第四个"青椒"打开回了一半的邮件，发现自己写给导师的信，是想问一下她应该在两年后还是三年后去美国做博士后。

我忽然想起好心人憔悴的神色。缠绕着她的恐惧也曾穿透了我。我也曾掏出手机，好心地散布恐慌。时近黄昏，一个原本风和日丽的美好秋日就已经结束。

三、失败的公开课

一盒费列罗巧克力，三十二颗，我带它去上课，然后分给学生吃掉。对于那节不成功的公开课，这可能是最好的告别方式了吧。

这学期上到一半时，我必须去参加一个教学比赛。初赛的方式是随堂听课。那天教室的气氛格外怪异：三个好久不见的男生居然坐在第一排正中，两个女生不断对我挤眉弄眼；再看看其他学生，也一个个似笑非笑，意味深长。我摸摸衣领，又摸摸纽扣，实在不知道问题出在哪里，不由得心中发毛。

五分钟后，正当我讲得风生水起，忽然发现在人群背后，隐藏着一些花白的头发。"啊，督导！"我轻轻地念叨了一声，没想到学生们就像终于等到了一个抖了太久的包袱，又是敲桌子，又是摇板凳，笑得前仰后合。督导也笑，我也笑。继续上课时就有点不一样。大家像一尾尾游行在同一片水域里的鱼，非常轻松流畅。我想出多少问题，学生就给我多少聪明的回答。就这样，我顺利地通过了初赛。

我很想拿奖，有了它，对评职称很有用。我几乎是写了一个剧本，发了资料，预演了问题，安排了随机提问。小朋友们一口答应好好配合。

没想到决赛时出了问题。一切都准备得很好，但当学生在十几个评委的注视下坐在赛场上时，一种微妙的踌躇产生了。

总是漫不经心的小男孩不再玩平板电脑，绷紧了弦等他的问题，可当真轮到他时，却把教科书背了一遍；答应提问的小女孩下定决心扮演古代牧羊犬，她把长头发披下来遮住脸，坚决不看我期待的眼神；更为神奇的是，我要求回忆一首诗，他们竟集体用小学生背课文一样的调子，拖拖拉拉背了半天。谢天谢地，评委们还没有看到，有两个小女孩一直在用余光瞄手心的一张纸，那是我发的"排练"资料。可就是她俩，上午还胸有成竹地提醒我资料中有几处打错了呢。我忽然意识到，上了一学期自由散漫的课，他们已经失去了"表演"的能力。

第二周上课时，小朋友们看到我都有点不好意思。课间他们小心翼翼地问我："过了没有？"其实我也很不好意思，平时总说"真诚啊""诚实啊"这样的话，却免不了要求他们为我作假。

我装出一副满不在乎的样子开始发巧克力。学生们立刻就开心起来了。小女孩故意问："老师，这是你的喜糖吗？"

开 学 焦 虑

开学前两天，焦虑达到峰值，坐在书桌前都听得到心脏在怦怦怦地跳。过了二十多年，我还是没有克服对开学的恐惧，只能用这样的故事安慰自己：

> 开学第一天，小明（所有倒霉蛋都叫小明）哭着不想起床，妈妈劝他说："我知道同学们都不喜欢你，老师们也很讨厌你，但是你必须起床去上学，因为你是校长。"

想起来连校长都害怕开学，感觉就好了很多。

有时候我会觉得，在现代社会，教师是一个最接近农民的职业。基本上来说，我们的工作以一年为周期，以四季为节律，春种，夏长，秋收，冬藏，然后迎接下一轮开始。之所以开学值得焦虑，是因为命运似乎又给你一个机会，去把以前没有做好的事重新做一遍。但谁知道是不是真的就能做得更好？有时我也这样想象轮回 —— 幸而我们将在轮回中被抹去前世的所有记忆，不然我们将对今生提出多么高的要求，那将成为多么重的负累。

年复一年的重新开始，在第五个春天，我对未来带有矛盾的情感：如果去做那些已经娴熟了的事，好奇心就不能得到满足；如果决定要满足好奇心，就得投入更多的精力，面临更大的不确定。我选择后者，因为我想，这样的话，大概不会在某一天忽然对一切失去了兴趣，看不清树叶的颜色，听不到晚风的声音，吃不出冰激凌的薄荷味，只能远远地隔着一扇毛玻璃看另一个自己在以空洞的音调背书。

于是，为了保有"永恒的新婚之感"，我又开始了新一轮的折腾。换一门新课，想出一个新的教法，去健身房开一张新卡以及想要把运行了十年的"猫头鹰作息"拧成"百灵鸟作息"。我幻想以后没有人再会看到我深夜在微信上思考哲学，反之，当大地醒来时，我已经写好了一篇正正经经的论文。这"重新开始，然而变得更好"的压力是如此巨大，使我觉得必须做出某种彻底的改变才能完成。于是我的小心脏就在胸腔里跳个不停，连喝了两碗鸡汤都没有镇住。

在为开学做准备的一周里，一切都不尽如人意。我没能在六点醒来，按照计划写两个小时论文，但善解人意的朋友信誓旦旦地向我保证："哪怕你只是想出了这个计划，弗洛姆也会要表扬你的，因为你开始在修习'爱的纪律'。"很多年前，读弗洛姆时，我就对"爱的纪律"这个词带有深深的幻想：一个人选定了自己珍爱的事物，于是就拥有了一种动力。他在晨雾依稀的湖边，初春新发的芦苇旁，日复一日地长跑，他已经准备好去迎接日出后发生的一切，不管有多少重限制，不管结果是什么。借由这个决定，他建立了自己的生活，并感到自由。

我们怎么能知道结果是什么？我们怎么能知道这次会不会更好？哪怕我们倾尽全力，也无法避免那些猝然而至的打击。在别处的校园，有些人没有能度过开学前的最后一周，他们对世界的绝望深深冲击着我们，进入我们的谈话和梦境。哪怕我们决定不再去想它，但对时代和人生的不能把控之感却潜入了日常生活。于是我们想要抓住更多的东西，起得更早，写得更多，发誓一定要锻炼出两块腹肌，把自己变得更强大。我们将自己摁进这些任务，以免遭遇那些在楼头晃荡、一无牵挂者的命运。

但这样怎么够呢？寒假里我第三次读《玻璃球游戏》，距第一次读已经有八年之久。以前我把这本书完全读作克乃西特本人在属灵王国与世俗王国之间的孤独求索之旅，但这次阅读中，另有一些面孔从背景中浮现出来。在克乃西特接受任命的仪式上，老音乐大师从远方赶来，想给这个孩子送一份礼物，但又觉得自己年事已高，弹琴没有把握，于是他站在会场的角落，为管风琴手翻动乐谱，同样心满意足。克乃西特之所以能够承受住长久的怀疑和震荡，是因为在他的人生中永远有人护航。哪怕他们年老去世，"必有人为我守候"的信念却长存于心。克乃西特最后也把自己变成了一个孩子的护航人。他没能摆脱溃败和焦灼，却在这个充满了溃败和焦灼的世界上找到了自己的位置。

在自杀消息漫天飞舞的日子里，我常常想，如果他们能够再挨过一周，当空寂了一整个寒假的校园重新被人声和车流塞满，有没有可能，他们会重新找到与他人的联系，并通过他人，重新接受世界？我无法向他们质询，正如无法向明天就要上第一节课的班级质询，去年冬天走失的那个孩子，是否依然以某种方式活在你们中间？

也许我们什么都做不了。但明天，在那间看得见远山的教室里，我们也许可以花五分钟读一下王维的《山中与裴秀才迪书》，向心中的某个角落悄悄问一声："当待春中，草木蔓发，春山可望，轻鲦出水，白鸥矫翼，露湿青皋，麦陇朝雊，斯之不远，倘能从我游乎？"

荷尔蒙青春

我们班的学生结束了最后一场考试。我赶往教室，嘱咐了一些安全事宜后，宣布他们自由了。在最近一两天内，所有这些学生都将回到家乡，度过大学时代的第一个寒假，而我也将结束我教师生涯的第一个学期。

工作后有很多次，我被问到是否对学生感到失望。我总是回答"并不"。这并非由于乐观，而是过去十多年做学生及兼职教书的生涯中，我从未成功地唤起过一个人对求知的热情。我现在的境遇比那时候好得多。

应该说我运气不错，学生的入学成绩都高出重点线很多。因此，当本学期之初，我希望能借助"读书"，将他们带入阅读和思考的世界时，他们在每一次读书会上表现出的学习能力，都足以使我感到惊讶。每次读书会上，每个主发言人借助投影做三十分钟左右的发言，而背后阅读书籍和搜集资料的时间常常需要两周以上，发言稿整理为文章，往往内容充实、文辞简明、条理清晰。我将之与我大学一年级时的论文和日记对照，不得不承认，写得比我当时好。

我因此不敢轻视他们，认为假以时日，这些学生应当比我知道得更多，走得更远。但是很快，另一件事情给了我提醒，使我知道，在这里，时间未必能直接叠加为知识，何况是智慧及人格。

学校指派给我数名正在写毕业论文的大四学生。我首先是很惊讶地发现他们不知道发邮件需要署名，后来则渐渐发现问题不仅如此——他们开始逃避来找我谈论文，试图说服我"论文不必当真"。在三四次面谈僵持后，他们中的一些甚至和我在"看两本小说还是看三本小说""读十篇论文还是读五篇论文"上争执不休。我听见自己的声音一点点失去柔和，看着他们头发油腻地歪在椅子上，手里拿着从我这儿借的笔，就着从我的打印纸上扯下的一小个角落一边记录一边讨价还价。忽然间我完整地明白了自己为什么生气。

——你们怎么除了"什么都不要当真"其他都没学会？

——你们怎么能把自己浪费成这个样子？

在时间的坐标轴上,他们也曾是那个千辛万苦迈过重点线进入大学的孩子。他们也曾整日泡在图书馆里,准备第一次课程汇报;也曾在掌声中逃下讲台,用紧张得冰冷的手捂住通红的脸颊。他们之间也曾有过心领神会的默契 —— 就像在我们班上,一个女孩拿着《昨日的世界》走出图书馆时,偶遇一个男孩正在翻看《茨威格自传》(二者是同一本书的两个译本),因此他俩合作了一次课程汇报。但是这些,在大四的他们身上都看不见了。

在离开学校之前,有个学生来找我拿一本书,那是因为我将她的发言稿交给书作者阅读之后,作者认可这个年轻学生的思考和表述,让我带回给她的鼓励。她悲观地谈起她的阅读,说她渐渐意识到读书会使她显得像个异类。这是一个古典的、传统的学生,关注内在和审美,对外在世界显得有些迟钝。陪她来的另一个学生则更为关注外在世界,曾选择《正义之前》做发言,她的困扰则来自在大学社团中看到和听闻的黑暗。不同的关注点和不同的性情却使得她们问出了同一个问题:老师,你说读书可以使人获得心灵的坚实和单纯,但这种单纯在现实的黑暗面前有什么用呢？

他们是有天赋的孩子，却不敢认领自己的天赋。因为有太多的传说告诉他们，选择天赋，选择独异和单纯，将会把他们送上一条危险而孤独的道路。他们眼中的光明明灭灭，一边不满于上大学以来每天蜷在床上的时间越来越长，一边下不了决心走一条辛苦的追寻之路。

在人的青春岁月中，会有一个时期感受到孤独和黑暗，就算不涉及对社会黑暗的认知，仅仅出于对生命本身的诚实，也无法祛除植根于存在的苦痛。而阅读常常起到推波助澜的作用，使这种感觉更为清晰。它不但使自己难受，还会使自己变得不那么可爱，走到哪里都被人认出浑身的刺尖和冰碴。因此，"对什么都不必认真"反倒看起来是更为理性的选择。在所有时代，都有一些人，将他们告别天真、走向成熟的时间点确定在获得这一认识的时候。

但我知道，如果如此选择，人就不仅失去了他的青春，也失去了走向成熟的机会。

我记起在不久之前，学校曾经举办过一场优秀班级的评选活动。决赛当天，我们这些被抓去当评委的"青椒"本无甚兴趣，但当大幕拉开，群舞的学生将一种甚至是磅礴的青春气息砸向台下时，坐在第一排的我们真是被惊呆了。我身边坐的"青椒"某，从头到尾都在絮絮叨叨地感叹自己老了，老得简直是不行了。而我也在不断地问自己，我是否有过这样青春洋溢的时刻。直到比赛正式开始，一个个班级的面貌完全被各种预示着权力、富贵的功利化数据覆盖，宣讲人骄傲地念出"我班多位同学在学生会担任中高层职务"，我的头脑才开始清醒，认识到从台上倾泻下来的，不过是青春的荷尔蒙而已。

荷尔蒙青春，朝生暮死。每个年轻时住过集体宿舍的人，大概都能记起青春退场之前，弥散在空气中的慵懒破碎而腐败的味道。也有无数的小说和电影用情欲或暴力描述这个雨林般的时期，那既是对原始生命力的颂赞，也记录了有机体在时光中必然的衰朽。

但人的生命有另一种可能，即在黑暗和混乱中，凭心灵的诚实和纯净走出一条路来，在荷尔蒙青春衰朽之际，建立起永久的灵魂青春。我不知道其中的诀窍，但我知道，就像《圣经》中所说，必须行过死荫的幽谷，才能到达可安歇的水边，获得灵魂的苏醒（《诗篇》第23篇）。这种建立于黑暗、孤独、怀疑、冲撞之上的灵魂成长之路，被那个色彩斑斓的舞台，被欢快的音乐，被脱口而出的口号，被同质化的评价体系和简单粗暴的励志方案，遮盖得严严实实。

如果学校在此时发挥的作用只是让他们回避这些青春中本该面对的危险课题，那我们能看到的青春狂舞，也不过是盛极而衰时的青春挽歌。

很多人在最好的时光中到这里来，然后飞快地结束成长史，既不奢望改变世界，也不愿意改变自己。他们被生活随意揉成颓废退缩的样子，并将他们的经验当作真理转告给所有正在步入青春的人。

某依然在愤世嫉俗期的"青椒"前天对我说："他们才来了一学期，就已经开始被败坏掉了。"他说出了我心里的话，而且用的是同样的语言。是啊，在我们眼中，他们就是小番茄、小菜瓜，那么鲜艳活泼，未来还像蓝天的边际一样遥远。可他们的学长以自己的霉斑为证，告诉他们："你们什么都不是，你们什么都别想，你们什么都不要相信，你们首先要抛弃的，是你们的单纯。"

可是我想说，单纯本身是坚不可摧的力量，它能给你的，远超过励志口号宣称能给的和流行文化宣称世上不配有的。

壁 虎 一 样 的 学 生

每个班级都会有一些奇怪的学生，他们静静地坐在教室的角落里，像夏天攀爬在凌霄花枝上的壁虎。我家种了一院子的凌霄花，高高地爬到三楼邻居的阳台上，每当夏夜蛙声四起，父王忽然想到要和我掰扯一下天下大事，我们说啊说啊，说到电视机睡着了，母后睡着了，猫也睡着了；抬头一看，只有三只壁虎躲在最高处的凌霄花叶子后面一动不动地瞪着我们。这时我忽然会想，冬天叶子凋落的时候，它们都去了哪里？

有一种克服讲课焦虑的办法。如果我备课备过头了，讲课像背书一样流畅，就会产生一种奇怪的感受，忽然对自己所讲的一切产生怀疑 —— 事实真的像我说的这样吗？怎么感觉像传销呢？这时，如果恰好有一个其他什么影像闯入脑海，抓住它，就能使过于流畅而显得急切的声音缓下来，产生必要的停顿和遗忘。于是一个空间就从那个停顿中创造了出来。它好像是在说："别管你备好的课了，我们来面对面地讨论一下。"就是在这样的停顿中，我才会注意到那些壁虎一样的学生——在我讲得很激动时，他们似乎并不在教室里，而此时，他们用好奇的目光参与了那个语言的空白，直到我能够继续讲下去。

长此以往，我开始关注他们。他们不记笔记也不玩手机，只是埋头在一本与课程无关的书上，只有等到我卡住时，他们才抬起头来，把注意的触角伸入疑惑的空气中去，抵达我，随即又恢复隐身，使我再也无法在一群年轻的面孔中找到。他们绝不会在课上回答问题，也不会在下课时跑到讲台边上和我说什么。我想他们一定是为了保留随时逃课的自由，所以决定千万不能在老师面前混个脸熟。我想起大学时代的一个同学，她从来不去上课，然而在期末考试前一天忽然脑子一热烫了个爆炸头，于是被老师认出来从未见过此人，那门课就挂了。可见逃课而又想及格，真是一件需要随时小心的事。

只是我会开始发现一些写得特别有意思的作业。如果把作业想成一沓落叶的话，每次这沓落叶中都会有不搭调的几片，它们或者太长，或者太短，或者完全来自另一个树种。有一个学期，我每周都收到一份讲哲学的作业；另一个学期，收到的是讲外国文学的；还有一个学期，一个女孩子每周都在写自己家乡的风物和她对女性主义的理解。在一群古代文学的作业中忽然看到这些，我就当是咬到了蛋糕上的那颗樱桃。我会在这些作业后写上更多的话，虽然并不能将他们的名字和面庞对上号。

在学期的最后一天，人走光后，会有一个怯怯的小女生在教室的角落里等我，然后我们互相羞涩地笑一下，我试探着说："你是……"她很不好意思地回答："我是。"于是我们开心地走过夏初的校园，栀子花香开在暗处，漂亮的男孩子骑着单车呼啸而过。我请她吃一个冰激凌，天南海北地胡聊一会儿，说的大都是她的梦想。一两个月后，我会收到她们从远方发来的消息，在青海湖，在台湾，在欧洲，脸上带着"我真的来了"的笑容。

如果是男孩子，我常常等不到这样的时刻。最后一次把人和名字对上号的机会是期末考试。我趁监考时站在他们旁边，去正在沙沙书写的试卷上寻找名字。找到，然后在记忆里搜索。在我卡住时投来好奇目光的是不是他？带着一本尼采来听我讲陶渊明的是不是他？他们的卷子总是考得不太好也不太坏，但我一边批，一边读卷子读得很欢乐。此处扣掉 5 分，谁叫你上课读尼采的，真是活该；此处加上 5 分，材料分析真是写得赏心悦目。试卷批完，内心戏演罢，学期结束，我对他们的好奇渐渐消散。

然而他们会再次回到我的生活中，以各种各样奇怪的方式。有时是在毕业一年后忽然给我写了一个邮件，有时是其他同学转发给我他的作品，还有一个，居然在几年后屁颠屁颠地跟在女朋友后面来找老师玩。我很享受能与他们一起回忆过去的上课和写作，也偷偷在检验我的猜测。的确，他们是一些好学而独立的孩子，不满足于一般的大学教育，而要为自己寻求一条通往知识与理想的道路。在看得见的漫不经心背后，有看不见的悬梁刺股，他们自己训练自己，为了能有资格去比较迟一点相信"生活就是这样苍白现实的"。

但他们依然有恐惧，对于未知，对于世界，对于孤独。他们尚不知道如何评估自己的才能，也不知道自己的理想是否能与这个社会的理想融合在一起。不管我怎么说，他们也不能百分百地相信"总有一群志同道合的人在未来等你"。因为在此时此刻，在他们攀爬图书馆前的台阶时，在他们看到蓝天下一只长尾山雀飞过梅花树时，没有另一个自己能共享这些时刻。

大概因为我自己也曾经是贴在教室壁角里的一只壁虎，我总是想象他们的未来，乐观而稍有担心。像这样的年轻人，如果能被放置在一个总体上友好的环境里，使他们的才能得到淬炼和认可，那他们可能就真的会变成自己想要的样子；而如果他们被隔绝在一个封闭腐朽的地方，也许会成为愤世者，并在愤世的同时也消磨了自己的灵魂。

我曾见过很多这样的壁虎吧？然而毕业多年之后，我们都找到了自己的歌声与友伴，像春天里的银喉长尾山雀飞过树端。

"糊弄"小朋友的艺术

《世说新语》中我最喜欢的一个故事是讲谢安和谢玄的。谢玄小时候喜欢戴着紫罗香囊，挂着覆手，很风流自赏的样子。他的叔父谢安知道从长久来说，这个爱好可能不为社会所容，但他又不想伤害小朋友的小心灵，所以就想了个办法，他假装和谢玄赌博，把香囊赢了过来，然后偷偷烧掉了。

对待小朋友那些天真善良的小心思，大人有很多种处理的办法。比如，说跟他谈谈男生不宜佩戴紫罗香囊之理由一二三，或者直接把紫罗香囊夺过来烧了。但显然谢安选择了最温淳的一种。对大人的道德标准来说，这种方式不一定是最正当的，甚至有些不够光明正大，但它却是小朋友在那个年龄里最能接受的。

我读研究生时，导师罗老师就用这种方式"糊弄"我。

第一次是大四暑假，我刚踌躇满志地从香港游玩回来，刚下飞机就接到罗老师的电话，说帮我投了一个稿，现已录用，让我给编辑部汇几百版面费。我平生第一次听说发文章没有稿费还要交钱，觉得简直岂有此理。他在电话里愣了一秒钟，随即编了个理由说因为你现在是本科生，等是研究生了就不用了。我想人生好歹还是有希望的，就去把钱汇了。

第二次是研三毕业前，我去上师图书馆查古籍，图片拍太多，被管理员摁着照相机当众删掉了三分之二。我觉得很没面子，打电话给馆长曹老师求优待。结果馆长大人说还是按照规矩办事吧。这下我更没面子了，哭得死去活来。当天恰逢有人宣称要在图书馆顶上跳楼，围观的人看我哭成那样都以为我就是跳楼那位，各种品头论足。这下我从上师一直哭到了火车站，又打电话给导师吐槽，结果他又糊弄我说这算什么事啊，我下次请曹老师喝茅台他就让你拍了。

事情过去了很多年，我终于长到了明白硕士生也要交版面费、馆长喝了茅台还是不能让我拍全古籍的年纪。但这个时候我再遇到类似的事，已经不那么容易怀疑自己受到了侮辱。另外，我也比较能把制度和人分开来看，知道在某些浑蛋的制度面前，该觉得羞愧的是制度的制定者而不是我。现在我依然有很多类似的事情搞不定，但感受到的，只是挫折，而不是羞耻。

我自己的学生也到了读研究生的年龄。一个小妞去考罗老师的研究生，没考上，调剂到别的专业去了。小妞还是很礼貌地坐火车去上罗老师的课。第一次见面，罗老师很傲娇地教育小妞说古代文学很难很专业很高冷，你几乎不可能再转回来啦。过了一周，有一天下着暴雨，罗老师又喊她去上课。晚上小妞又坐着火车回来了，据她说，罗老师上周说完之后，回去想来想去怕伤害了她的小心灵，就借上课的契机把她又叫去一趟，论证了"古代文学虽然是个很专业很高冷的专业，但是努力也还是有机会再转回来"的反命题。

我想起他"糊弄"我的往事，又想起谢安"糊弄"谢玄的故事，于是对小妞的前途感到十分放心。鲁迅先生说："肩起黑暗的闸门，放他们到光明的地方去。"这话说得很有担当，但如果小朋友获知了你肩起的闸门里所有的黑暗，他们还有勇气前行，一直走到光明中吗？幸而另一种更温厚的父亲不夺去孩子心中的梦想，而是等他们的骨骼在睡梦中长成，心智在睡梦中成熟。只要成长的速度赶得过梦破碎的速度，所有的挫伤都会反而变成滋养。

如果多考100分

在那些不好好写论文的日子里，我胡乱刷着网页，忽然发现自己拥有了一个神奇的技能——填高考志愿。我甚至曾经策划去开一个公司，专门教小朋友填高考志愿，然后收很多很多钱，买很多很多柴犬。说了很多年，公司也没有开起来，但好在我家有足够多的表弟表妹让我练手。

对于一个崇尚学历的家庭来说，有个读博士的表姐，是所有弟弟妹妹的噩梦，但在两个时候除外，一是高考填志愿时，二是过年逼婚时。连续很多年，每当炎炎酷暑到来，知了开始在梧桐树里叫得让人脑壳发痛，我爸就知道，时候差不多了。过不了几天，就会有焦头烂额的表叔表舅拿着高考成绩单打电话来求救。我爸一番推辞后，就会开着他的漂亮小车带我奔赴现场进行指导。

有一次，我们在大太阳里开车行了一百公里，去另一个城市给某表弟填志愿。到了那里，果然是标配：一桌丰盛的酒席，一群焦头烂额的亲戚，一个满脸"关我啥事"的表情坐在中间的小孩，一个嘟囔着"发挥失常"的妈和一个不停表示"要出多少钱我们出"的爸。就像所有为填志愿举办的宴席一样。我了解了分数，逼问了兴趣，反复解释区分这个大学和那个大学有什么不同的各种指标，然后花几个小时的时间来分析政策，比如：某个重点大学，可以底线入学，之后申请进入本硕博连读的实验班；某年，可以用刚刚够上一本线的成绩申请香港的大学；某个学校，在外省都是一本招生而在我们这个省是二本；某地，有一所一本大学的分校落在三本批次。

我总是很得意，因为我填的志愿折算下来，总能相当于这些小朋友多考了 30 分。而那次的运气最好，我找到一条模糊不清的教育新闻，又打电话去省招办问，发现当年在几所大专有试点五年制的"高职本科"项目，即以高职的成绩入学，但最后两年转入对口的大学学习。亲戚们起初并不相信不找人不送钱能办成这样的事，但抱着死马当作活马医的态度，他们还是听从了我的建议。放榜时，我那个只考了 200 分的表弟居然也被录取了，家人办了几桌风光的酒席，驱车去那个"价值 320 分"的大学逛了一圈，商量把房子买在附近，从此便以"等我儿子某大毕业之后"为基础来规划生活。

好几年里，我有意无意地提到这件事，好像这是我对"无聊的中学教育"的胜利。我在公共场合不敢这么说，因为我总是会想起英国广播公司的教育纪录片《出路》。里面那些偏远山村的孩子，因为看不懂各种指标，不了解招生政策，把母亲卖菜积攒的毛票一张一张数出来奉送给招生骗子，然后把自己送进收费最贵质量最差的各种培训班。他们没有一个正在读博士的表姐能使用自己的知识资本带着他们在政策的缝隙里穿行。反过来说，表弟表妹之所以可以用相对低的分数上相对好的大学，正是因为有更多学生用相对高的分数把自己送进了相对差的学校。

曾经有一个朋友在复旦毕业后，就去从事民工子弟教育。他说："希望日后我的孩子可以说，我所有的成就都来源于我自己的努力，而没有一丝一毫是侵占了他人的机会。"每次想到他的话，我就汗流浃背，但心里面却觉得，如果不去考虑更普遍的公正，这样做至少帮助了我的表弟表妹吧。

但事实并非如此。从我给第一个表弟填志愿开始，时间已经过去了十年。他们中间没有一个人实现最初寄予在他们身上的命运提升。几乎所有人都没有从事与学历和专业相匹配的工作，而那个我以为帮助他多考了120分的表弟，甚至没能拿到毕业证书。度过了升学之初的亢奋阶段，他们很快落入与自己的真实考分相似甚至更低的水平——无论是事实成绩、人生规划、精神状态，甚至是健康水平——肄业后，表弟在家里窝了半年，再次出门时，已经成了一个白白胖胖的中年人。

这时我才怀疑，这些被人为地送进了更好大学的孩子，付出的代价可能是失去他们自己真实的人生。也许是在扮演"更好的学生"时，他们心中充满了身为赝品的感觉，从而令生命力受到了压抑；也许是潜意识中对公正的渴望，使得他们觉得收起这张文凭，换一个行业从零开始才更有尊严。而那个被多加了120分的小孩，也许恰恰是因为同时负担了120分的热望，才最终无路可走，只能把自己憋成一事无成的样子。

以前我以为，如果高考这个评价制度不够合理，那么绕过它，把小朋友放在一个全新的起点上，挣脱了障碍的他们自然会奋力奔跑。但现在我知道，如果障碍已经在那儿了，跌倒已经发生了，所有试图掩盖事实的举动，都只会使情况变得更糟。因为那已经借外界之力收拾掉的残局将不再留有机会让当事人自己来翻盘。因高考而导致的愤怒、无力、自我怀疑也不再有机会被处理。他们的人生被卡在了那个时刻。

从此，我停止了"指导填志愿"业务，并且时常在想要跳出来指手画脚时告诫自己慢一点。很多次，我最喜欢的这个小朋友和那个小朋友遭受种种失败，当我要扑上去时，心里却在说："你觉得他们自己肯定搞不定吗？"就在这一迟疑之间，他们纷纷爬起来，拍拍身上的尘土，向自己的命运跑去。

大 一 那 些 事

一、军训

军训快结束的时候，学生们打了起来。先是某系男生趁月黑风高潜入本系宿舍偷袭，被本系男生打翻在地；又是本系女生赶去男生宿舍喝彩，被某系男生踹了一脚。局势很快乱成一锅粥。

在六月天里军训真不是件好玩的事。习惯了自由散漫的大学生活，忽然要天一亮就去操场报到，就差不多已经难死他们了。何况在白晃晃的大太阳下，半小时后头顶冒烟，一小时后大脑空白。高年级女生撑着小阳伞走过，像看熊猫一样把他们一个个从头看到脚，更让各位小帅哥羞愧得恨不得钻进蚂蚁洞。

但他们很快就进入了角色。皮肤晒得一般黑时，他们已经很熟练地用"我们"和"他们"来彼此称呼。"我们方阵最优秀。""我们方阵最强大。"有两周时间，习惯了昼伏夜出的我，总是在睡得最香时被排山倒海的口号声吵醒。最初我愁眉苦脸地赖在床上，想不出为啥要把同一句话喊上五遍。但渐渐能分辨出喊声的不同来源，原来除了操场上埋伏了四个方阵之外，还有一个方阵在图书馆门口。这个方阵居高声自远，口号铿锵，回声袅袅。每当"最优秀""最优秀""最优秀"……"最强大""最强大""最强大"……的回声传来，就知道喊战结束，可以继续睡觉了。

本来一切都很顺利。学生习惯了军训，师姐习惯了看"熊猫"，连我都习惯了口号声。据说很快会有一场精彩的会演，学生们信心十足，发誓"战胜他们方阵"。可谁都没想到，导演觉得单数不符合美感，因此需要把五个方阵重新组合成四个。也就是说"我们方阵"中的一些人要编入"他们方阵"，而图书馆台阶上的那个方阵则将彻底被打散。

女孩子们先开始哭泣。第一个默默流泪，第二个吸着鼻子，第三个蹲在地上边哭边喘。男生们东撞西撞，一言不合就要打架。最后终于勉强凑成四个方阵，但怎么看都横不平竖不直。有些人之间贴得太近，有些人又离得太远。口号也失去了气势，不但回声听不见了，还常常喊错节拍。事故实在太多，教练拼命吹哨，我只能每天顶着两个熊猫眼去上课。

好在会演的时间终于到了。就在混战后的第二天，窗外一早就响起了运动员进行曲，却没听见那些熟悉的口号。我迷迷糊糊睡到中午，起来一看，校园里恢复了宁静，没有方阵，没有一样的制服，只有一些学生看起来肤色更黑些，像是刚晒过日光浴。

二、挂科

有一天我问一个抱着考研书拼命做笔记的大四学生："为什么不保研呢？"她眨巴了两下大眼睛，露出缅怀往事的笑容，说："大一有门课裸考，于是挂掉了。"这样的经历我也有过。因为大一挂科，所以彻底没机会评优、保研、调干、拿奖学金，到高年级时，需要把整整一年都用在复习上，再度过三四个月提心吊胆等成绩的时光，真是罪有应得、愿赌服输的事啊。

我挂掉的是大一高数课。度过没完没了的高中时代，居然还是没有逃过数学。我坐在教室的最后一排，看一页闲书，瞄一眼老师，白发苍苍的老先生正趴在黑板上推公式，每做完一题，就退后两步歪着头欣赏一番，嘴里喃喃有词："美啊！均衡啊！"眼里泪光闪闪。某一个瞬间，我忽然为不能理解打动他的那种美而感到焦灼。一百岁的老教学楼里，掉了红漆的木地板吱嘎作响。落地窗外，三月的蓝天向无限高处伸展。我手里的书正翻到一首词："楼上晴天碧四垂，楼前芳草接天涯，请君莫上最高梯。"于是我悄无声息地退出了教室，然后在夏天到来时收到一张补考通知单。

晓霞说："完蛋了，现在你就算左手提着一只鸡，右手提着一只鸭，后面再跟着个老太婆，数学老师也不会给你及格了。"晓霞是个好孩子，她总能一针见血地指出问题的本质——我变成了一个连毕业都危险的学生，更不用想保研的好事。

因为彻底死了这条心，我反倒获得了很大的自由。喜欢的课就使劲学，不喜欢的课就 60 分万岁，拥有了无数时间供自己支配。不管是逛书店、泡图书馆，还是和晓霞走一个小时去吃一碗三块钱的鸡粥。唯一的悲催之处就是后来过了一年猪狗不如的考研生活：三伏天去上辅导班，凉鞋粘在晒化了的柏油路面上，拔都拔不出来；寒假里在没有暖气的教室做题，做一会儿就要出去抖一会儿；以及彻底被等待的焦虑毁掉的毕业季。等拿到录取通知书，居然有种劫后余生的庆幸。

后来我遇到很多因为一贯优秀而被一路保送的孩子，也遇到很多和民工一起住在地下室里年复一年地备考的孩子。我们成为朋友，互相交换不同的人生故事，直到离学生时代越来越远。这个时候我才意识到从未获得保送资格是一件多么幸运的事。因为从未有一个看起来还不错的命运在等待你去接受，你就得日复一日地在花花世界、在冰天雪地里寻找。每一个诱惑物上都系着标价条，每一个障碍物都标示着退出口。相比那些幸运的"滑入"者，这些艰难的准入考，每件都在逼迫你思考，你想要什么，能承受什么。

这个过程里充满了寻找的迷茫、等待的焦灼和失败的痛苦，但它却能赋予我们一种真实生活之感。我甚至觉得，它也许能帮助我们避免常常在中年人身上看到的那种无力——对于自己落身于这个时代、这个职业、这个家庭的不满而又不能舍弃。其常用的推诿之辞，同样也是"这一切不是我选择的"。

做了老师之后，我对保研这件事抱有十分矛盾的心情。有时候我希望那些有志向学的孩子能获得保研，免除浪费生命的备考苦役；但当他们真的失去了保研的机会，我却又不免为他们感到庆幸。当看到这些娇娇弱弱的小女生、愤世嫉俗的小男生，冒着江南冬天的寒冷，逆着人流走向自习室，我相信不管他们有没有考上，是不是中途退出，都为自己的成年时代构造了一个更好的开端。他们要用这一年无人监守的纠结和无人见证的努力去学会说："这一切都是我的选择。"

三、转专业

做大一新生的班主任。老师是新的，学生也是新的，对大学都有很多幻想，幻想和幻想对上眼了，于是"大隧之中，其乐也融融"。

我非常喜欢这些学生，原因是读研的时候，我曾在一个学校代课挣零花钱，在那里，不管讲什么学生都没有反应；不仅没有反应，而且一个逃课的都没有；不管我怎么赌咒发誓不点名，他们还是坚持要到课上来睡觉。与那些学生相比，这些学生是多么可爱。

开学的第一周，就不断有学生问我，如何转专业，如何读第二学位，如何考研。我花了一堂课回答这些问题，并顺便做了个小小的调查。有一半学生要转专业，90% 的学生说要考研，还有很多想要出国。考研和出国比较遥远，但转专业很近，只要在大一结束后，成绩在全年级排到前 10% 就可以。学生们唏嘘不已，觉得 10% 的比例竞争一定很激烈。

一年不知不觉地过去了，直到法学院一个老师在QQ 群里抱怨中文系有个绩点只有 3.2 的学生转到法学院去了，我才想起这件事。我打电话给班长，班长说："老师这事半个月前就通知了，我们班没有一个同学要转。"我又问了其他几个班的班主任，也都没有听说有学生要转专业的。问来问去，原来那个绩点 3.2 的是唯一报名要转的，所以他也就转成了。

是什么原因呢？真的爱上了中文？害怕排不进前10%？还是听说其他专业也不好玩？

要说真的爱上了中文，估计也是极少数。更多的学生渐渐发现，避免去想自己喜欢什么专业，倒是一个很好的选择，反正大学课程不难应付，读一个不太喜欢的专业，逃逃课，打打马虎眼，随便考一个中不溜秋的分数也就不觉得愧疚。

有时候我很难决定，对这些学生，应该鼓励他们接受现实还是寻求理想。他们在微博上，在闲谈中，常常会以非常老气横秋的口气说"这是中国教育的问题"，或者写出"以前的社会没有接受教育的权利，现在的社会只有接受一种教育的权利"这样格言式的句子。

在朋友或亲戚面前，他们会说："我们的老师可水了。"

但如果你说："你转专业吧。"他就会说："只有10%。"

如果你说："你考研吧。"他就会说："考研可黑了。"

如果你说："你出国吧。"他就会说："现在回国了也都是海带。"

某年入学的几百名新生中，一年之后，只有一名学生退学申请去美国读书，一名申请转入其他专业。虽然他的绩点只有 3.2，但做出了几百分之一的独特选择，你还会觉得这个绩点太低吗？

背书和作弊

一、背出来，懂得吗？

物理学家费曼在他的自传《别闹了，费曼先生》中讲到这样一个故事。有一年，他去巴西休假，顺便在里约大学教授电磁学方面的高级课程。他发现一个奇怪的现象，同一个问题，只有当他用与教科书一致的语言表述出来时，学生才认识。比如说，学生能够背诵"布儒斯特角就是当光从一种具备某个折射率的介质反射出来，而正好完全偏振化的角度"，却不知道"一种具备某个折射率的介质"就是水一类的东西。

这段经历触发了费曼对巴西教育体制的思考。他在一次讲座中说道："实在看不出在这种一再重复下去的体制中，谁能受到任何教育。大家都努力考试，然后教下一代如何考试，大家什么都不懂。"这个讲座后，负责科学教育的部长起立说道："来这里之前，我早已知道我们的教育体制有病，但我现在才发现我们患了癌！"

我看到这本书的时候，正是期末复习期间。十六周课程结束，第十八周开始考试，学生们通宵达旦地占据了图书馆、教学楼甚至食堂的所有座位。遍布学校的打印店也迟迟不能打烊，因为等待复印笔记的学生都排到了门外。

当然，这些笔记复印件在世上的生命不会超过两周。学生花一天时间复印，再把十四五天的时间平均分配给七八门课，背得头昏眼花，死去活来，又在交卷以后忘得一干二净。顺利的话，他们可以在放假之前收到全部通过的成绩单，彼此庆祝这辈子再也不用碰这门课了。

在等待考试的日子里，总有学生发短信来问考试范围。虽然我早就告诉他们："所有你们自己判断背完后三天就会忘记的内容一定不会考，要把整门课当作一个故事来看，要通过思索而不是仅靠记忆得出答案。"但"自己判断""一个故事"对他们来说显然不如"范围"真实可靠。再说，什么叫"自己"，什么叫"判断"呢？

第十八周前后，正是江南夏木荫荫的时节，我没有课，就光脚蜷在校园的石椅上看书。当一只小蚂蚁被草丛中的栀子花吸引，从我的脚背上爬过时，我正在读一个小故事：费曼在加州理工学院教书时，有一天，一队蚂蚁试图把他的糖搬走，他趴在地板上用彩色铅笔跟踪了每只蚂蚁的返程路线，最终见证了蚂蚁大军如何通过同伴留下的气味修正路线，获得一条几何学意义上的直线，以最短的距离往返于糖和巢穴之间。

从高二算起，我已经十三年没有参加过物理考试了，当时背诵的很多定律也早已忘记，但当蚂蚁爬过我的脚背，我却觉得，这只小虫背负的宇宙远比我在试卷上看到的清晰真实。

二、不作弊，可以吗

同事去监考，带回七部因作弊没收的手机。我拿起各色手机乱按一气，立刻感叹其功能强大 —— 可搜索的文档里装进了一整本教科书，百度页面停留在考试题的搜索项上，QQ头像一闪一闪送来急需的答案。

手机技术的进步给教师们带来了很多麻烦，比如说，你记错一个数据或读错一个字，学生在短暂的茫然后，就都把手伸到课桌下一阵猛摁。你狡辩，他们就拿出手机，把字体调到最大请你看；你试图支吾过去，他们就狡黠地看着你笑。应付这种场面似乎只有一种办法——立刻停下来，摸摸后脑勺，对班里装备最先进的孩子说："快拿出你的手机查一下，读给我们听。"

我常常想起明末清初张岱讲的一个故事：在夜航船上，士子高谈阔论，却被僧人听出了话中的破绽。僧人问："澹台灭明是一个人还是两个人，尧舜又是一个人还是两个人。"士子回答不了，遂被僧人浇灭了气焰。张岱由此感慨"天下学问，惟夜航船中最难对付"。为应付这种考试，张岱特地为天下学子编了一本包罗万象的百科全书。

夜航船正是过去时代知识运行的准确象征。在当时，人无法获得、积累、搬运大量知识。人如同身处汪洋的孤舟，只能依靠有限的随身行李来应付困局。谁也不可能在外交应对、临阵布局、处理政务时搬出一整个藏书楼来。知识教育的主要目的也与之相符，即帮助人占有和携带尽可能多的知识，而主要凭记忆、不允许夹带的考试方式正是为模仿这种生存处境而设立的。

我们时代的真实生存图景已极为不同，将一只小小的手机接进互联网世界，即可随身携带人类历史上积累的所有知识。手机已成为我们身体的一个器官，我们用它来搜索城市地图，确认历史年表，查询政治概念。借助它，每个人所能携带的信息量超出了过去时代信息的总和。

我们已经无法延续夜航船时代的考试传统，因为考试所呈现的知识运行方式和真实生活的知识运行方式之间存在着极大的落差，只要存在着一种工具，能够实现两个世界间的知识搬运，作弊就不会休止。这样的考试也将因为无法准确模仿真实的生存图景、无从考量教育的实际有效性而失去其存在的价值。

有个成天捏着苹果手机的学生问我："我总是搜出几万条结果，怎么说的都有，到底该信哪个呢？"在老师们还浑然未觉的时候，学生们已经凭着对世界的好奇提出了教育的新要求，那不仅关乎学分，也关乎他们面对真实生活的能力。

好 学 生 ， 大 问 题

　　研究生一年级的暑假前，我给一个学妹打电话，想要回她从我这里借去的考研笔记。电话响了十几声之后才接通，话筒里是震耳欲聋的音乐声。学妹在电话那头扯着嗓子费力地喊："啥……你说啥？考研笔记？哎呀我已经和教科书一起卖给收废纸的了……我不考了，哎呀蹦迪呢听不见，喜欢你姐姐……"滴滴滴滴滴……我对着话筒发了一会儿呆，为我写了三年的专业课笔记心痛流血，叹息又一个好孩子堕落了。

　　当时我在学校附近租房住，隔壁住的是两个在酒吧推销芝华士的姑娘，十五六岁，染着黄头发，每天睡到傍晚才起床；上半夜在酒吧卖酒挣钱，下半夜就换一个酒吧，找一个帅帅的男酒保开一瓶芝华士，把挣的钱花出去。半夜我常常欣赏她俩醉后像子虚先生和乌有先生那样吵架，一个说"我爷爷要从美国回来了，我让他带一卡车人来打死你"，另一个说"等我爷爷回来，直接带一卡车钱来砸死你"。

有一天凌晨,姑娘们回来,后面还跟着两个酒保,四个醉鬼在楼道里唱歌,砸门,把楼下八十岁的阿婆吓得犯了心脏病。第二天一大早警察和房东一起赶来,之后她俩消停两天,又开始了夜夜笙歌。阿婆的心脏病犯过三次,警察来了三次。之后我决定搬走。搬家之前,卖酒姑娘牵着我的手到她父母家附近去溜达了一圈,逢人便说:"这是我的朋友,是个研究生呢。"巷子里的大叔大婶一个劲地皱着鼻子不相信:"你连初中都没毕业,你还能有研究生朋友?"顺便不屑地看我一眼。被架着穿行弄堂的十五分钟,是我这辈子和"问题青年"挨得最近的时刻。

后来我当了大学老师,再也接触不到这样的"问题青年"。我遇到的都是好学生,规规矩矩、文雅大方,偶尔还会有人远远地对我的自行车鞠躬,把我吓得掉下车来。问问在大学工作的师兄师妹,情况都差不多。可渐渐地我就产生了疑惑:为什么每个当老师的人都有那么几个"隔壁班/系里最乖的那个学生跳楼了"的故事?

当跳楼的消息传遍时，人们第一个问题是："她失恋了吗？"第二个问题是："她考试没考好吗？"第三个问题是："她家庭出什么变故了吗？"可能还有第四个问题："她被潜规则了吗？"但是没有，都没有。调查下来，考试很好，恋爱没谈，父母有头有脸，连宿舍矛盾都没有，但就这样不想活了。学校心理咨询中心的老师说："那些在入学筛查时看起来奇奇怪怪的、不肯合作的、上课时对着老师拍桌子的、晚上从寝室翻墙出去的、成天逃课打《王者荣耀》的，都没事。真正跳楼的，就是你觉得最不会给你找麻烦的那个。"

有一年情人节，有个学生自杀了。这个学生在中学品学兼优，在大学绩点第一。到了研三的春天，论文写好了，男朋友找好了，连婚房都买好了。一家她很喜欢的公司给了她工作机会，她跑去找老板说："真是抱歉，因为要配合男朋友的工作时间，所以不能接受这个周一周二休息的岗位了。"然后她回学校准备答辩，收拾行李，准备直接搬回男朋友家买的新房。同学的妈妈都说："你看，这是一个多么优秀的孩子，你要是像她那样让人省心就好了。"

毕业论文答辩恰巧安排在情人节那天。老师心里说："这只是走个过场，她的论文够好了，一定会通过。"凌晨，当老师们都还在重新看一遍论文，她却在自己家里跳了楼。

追悼会时，人们聚在一起，说她多么乖巧，成绩多么好。老师沮丧得要死，开始指责男朋友对她不好；男朋友也委屈得要死，说："我和她根本不熟。"说着说着，老师才知道，这个"男朋友"其实是两方父母指定的，两人连手都没拉过，面只见了三次。说着说着，爸爸妈妈才知道，要不要保研，选什么专业，写什么论文题目，都是老师一提她就答应了的，从来没问过自己喜不喜欢。说着说着，人们才想起来，她这一生好像没做过一件坏事，没说过一句脏话。她留给所有人的印象，都是轻轻柔柔地回答："好的。"她曾经表示对那个男孩没什么感觉，但大人说："他都这么优秀了，你还有什么不满意？"她也就"好的"了。

朋友们讲这件事时，我被咖啡馆里的冷气冻得胃疼，搬到了室外座位，吹着湖上的暖风。忽然间这个女孩的形象出现在我面前，我想起几年前她来找过我，说另一个老师建议她认识我，于是她就找一个学术问题来问。我说："我不研究这一块，你去找别人吧。"她说："好的。"

一个人以"好的"的符号活在世界上，好像是为了他人的愿望与福利而生，她自己生活的乐趣就被侵蚀掉了。生命有一种原初的活力，"我想要吃"，"我想要喝"，"我想要蹦跳"，"我想要出击"，这些原初的活力才是人生的发电机。规规矩矩、文雅大方只是为了能长久地蹦跶下去而和社会达成的妥协。如果不再能（甚至是从未有）体会到内在涌出的好奇、喜欢，温文尔雅也就无异于行尸走肉。所以我特别喜欢看学校处分栏里各种匪夷所思但又无伤大雅的小事故。看完之后，觉得青年真棒，人生真有趣。

我曾经看到过两对处分通知。一对是 2002 年中国男足世界杯出线第二天，学校布告栏里刷刷刷贴了几十张处分，有一张是"化学系某同学为了庆祝出线在阳台上燃烧镁条"，另一张是"中文系某同学给燃烧镁条的同学递打火机"。另一对是前年看见的，一张是"艺术系某同学半夜翻越宿舍围栏出去"，另一张是"机械系某同学为了帮助女朋友翻越围栏盗取实验室钢锯锯断围栏两根"。是该处分，也很好玩。

这些孩子的想象力和行动力也许会给学校和家长带来麻烦，但比起那突然的纵身一跃，这些小小的"问题青年"反倒更为健康。"问题"是泄压的渠道，是自救的方式，是生命之火催生出的青春痘。如果学校和家长不能帮助孩子燃起生命热情，至少不要用"好孩子"的冰壳将它摁熄。

"好"的反义词是"坏"，或者说是"恶"。河合隼雄有一本书叫作《孩子与恶》。"恶"有二义性，它既是创造力，又是破坏力，如果单纯地排斥恶，将会带来更大的恶。大人说"乖一点儿""是为你好"，但当所有"坏"的可能都关在门外，"恶"总有一天会以意想不到的方式集体涌入。

当"纵身一跃"之时到来，人们才能理解，不听话，考不好，受处分，泡夜店，打游戏，穿鼻环，脏话连篇，奇装异服，早恋晚婚，这些曾经以为很要命的事其实恍若烟云，而只有勃勃的生机才最值得珍惜。

教育，就是帮助人确认自己的力量

　　人文学者宣称，除了掌握一门养家糊口的技能外，大学教育还要回答与我们的存在根本相关的问题，比如"认识你自己"。对于自我而言，认识的过程即是建构的过程，因为并无一个先于经验的"自我"存在。正是在对那些我们原先视而不见、行而不知的日常经验进行反思的过程中，那个统合了知识与情感、自由与责任的理性自我才建立起来。除建构之外，在中国现有的教育语境下，大学教育甚至还首先担负着解构的任务，因为一个大学老师但凡想在他的专业范围内，教会学生以专业本身的逻辑来处理知识，他就必须迎战由功利主义与虚无主义造就的无物之阵。这样的战斗必然失败，除非他能获得来自学生本人的授权 —— "请你来帮助我确认自己的力量"。

　　不存在抽离了学生个体的教学事迹。求学者来此寻找自我，教育者来此与那些寻找中的个体相遇。学生们来自不同的地域、阶层和家庭，带有不同的天赋与秉性，他们关于"何为良好生活"的理解可能千差万别，在自我与他人之间、自我的各个层面之间存在着巨大的冲突。面对这些冲突，教师的职分是伴随、抗辩和保护。无论选择什么专业，我们永远在平衡三个问题：我们想要向自然/社会要什么；自然/社会能承受什么；如何革新方法或修改目标。教育无法批量完成，因为每个个体都必须面对他独特的问题才能长成。教师也无法以一烛之光启发蒙昧。他能做的，只是留在那些希望引烛自照者的身边，鼓励他们在智性、情感和人格层面正视冲突，并将自己的知识和经验出借给他们，扮演那个有时在建议、有时在反驳、有时在安慰的路边老人，即苏格拉底所谓"精神的助产士"。

文学专业赋予我们以象征的方式讨论人生的机会。我们借助理解经典作家，来理解我们自己的个体性存在；借助学习文化传统，来了解我们的个体生命在此时此地受到的禁锢和可使用的资源；借助分析发展逻辑，来锻炼我们在纷繁复杂的现象中辨明真伪、阐明源流的能力。只有当所有这些训练的成果能被迁移到个人生活的各个方面，教育才算成功。当做了二十年乖孩子的学生开始考虑"此生为何"，当一贯孤芳自赏的学生开始发现他人，更多的是每年都会有一些学生来告诉我他们的选择，然后我花一两年时间见证他们的努力、失败、动摇、修正，最后不管他们是否实现了最初的理想，却无一例外变得更加坚定而柔和。此时，我看见了教育的成功。

有两年时间，我要求学生每人每周提交一条两百字以内的心得。内容有关我们正在学习的课程，唯一的要求是必须用自己的语言，写真实的思考或感受。最初几周，我会收到成堆的陈词滥调、百度百科和教科书摘抄，但渐渐我会收到带有个人思考和个人语言特点的作业。学期过半时，我会收到诗歌、书信和确有真知灼见的学术笔记。阅读其中最好的一些作品，我甚至恍然觉得，能教到这样的学生是我的荣幸。而我这样一个脸盲症患者，竟然以这样的方式熟识了一部分学生，并与他们结下长久的友谊。从表面上看，他们各不相同，有的长久维持着对文学的热爱，有的从不放弃对文学的嘲笑和质疑，有的早已选定了学术之路，有的认为学术虚伪而生活真实。共同之处在于，与十八岁时相比，他们已越来越多地认为人生是有选择的，选择的理由是有可能被说出和被理解的。因选择自主而甘愿承担责任，生命就获得了自由。

是学生对于完整生活的要求把教师变成了知识分子。如果学生从未质疑过大学存在或中文专业存在的价值，如果他们从来不想知道书上所谓善恶标准与现实生活的落差，如果他们从来不曾嘲笑文学乌托邦的存在，我们就只是教书匠。他们的疑问把教师推到了必须为人文精神辩护的位置上。而且正因为大学不再是受保护的象牙塔，时代与社会的压力已经深入其中，所以没有一种纯美而虚假的辩护可以长久地糊弄学生。为了回应学生们这些真诚的质疑（把这些质疑交给你，就是他们爱你的方式），大学教师必须不仅仅去思考他生命的统一性，还要活出他生命的统一性。这几乎不可能完成的任务居然被期许完成，对教师本人而言，不啻是虚无主义时代里最大的奇迹和荣幸。

遇 见

这 一 路 水 远 山 长

所有的波折都是为了赋予人生一种富有活力的完整性，使我们的少年、青年、中年、老年如同四季般各不相同，而流转无碍。

想 起 我 的 老 师

一、C

上大学时，他是最出名的老师。当时他年轻、英俊、博学。他的讲座总是提前一小时爆满。我去听过一次，在最大的阶梯教室里。讲座开始五分钟后，我经受不住全场火热的气氛，想要溜出去透气时，发现连地上都坐满了人。

他在课堂上用调侃一切的方式谈文学和时事。只要是从他嘴里说出来的，什么话都有趣。连只看《瑞丽》的女孩都把他当作偶像。

后来有一天，他被停课了，因为有个沉默的学生花了整整一年做记录，然后去学校投诉他言论不当。复课之后，依旧有许多学生涌进他的教室。

我觉得他能使整个教室被激情淹没，这是件很奇怪的事。但我对他的好感还是慢慢建立起来了，起因是读研时，他的学生和我成了好朋友。这个在北方读书的小女孩，听了讲座来投奔他。人生中第一次坐火车，不知道带什么礼物好，就买了一只奶油蛋糕，站在茫茫的校园里，头发被风吹得像乱草一样，却不知道去哪里找他。

他在同事们诧异的目光中收下了蛋糕，在后来的三年中，又收下小姑娘在课堂上递去的鸡蛋饼、茶叶蛋、豆沙包……反正学生给他吃什么，他都笑呵呵地接过去塞在嘴里。小姑娘对我说，他不是轻浮，也不是哗众取宠，他天生是用这种激烈的、调侃的、解构的方式对待一切，课上是这样，私下也是这样，真的是不谙世事，以至于他的学生总要用宽容孩子的尺度去爱护他。

很多年过去了，昔日的小姑娘读完博士，要出国去定居了。我们去学校看他，他说话依然那么快，那么多，但人毕竟是老了。看起来甚至要比同龄人更老些。我们依稀听说他遭遇很多艰难，职称、婚姻、人际关系都不顺利，独自住在一间旧宿舍里。席间，他依然在讲哈维尔和阿伦特，尖刻地调侃制度和学术，既不看菜，也不看人。我听着听着，发现还是十年前的那些话。小姑娘一直爱着她的老师，现在要走了，有很多依依惜别的话想和他说，却没有机会开口。

等我提醒已经晚上九点了，他才从吐槽中回过神来，落寞地看看手表，赶忙嘱咐我们："到了火车站，可不要傻兮兮地去窗口排队。窗口哪里有票呢？只要看到老头闲逛就上去问黄牛票，加他十块钱就行了。"

我们赶到车站，夜里的火车站并没有人在售票窗口排队，也没有闲逛的黄牛。自动售票机花半分钟就吐出了实名制的车票，火车将在十五分钟后到来。

二、L

看到了一个同学的博客，记录的是他考博失败，在对学术的怀疑和对求职的迷茫中徘徊，他的导师写给他的劝慰。他的导师也是我的启蒙者。我大二开始上他的课，每一节课，他都把我们的无知和懒于思索逼得无路可逃。从那时，我才知道人的自由与解放、责任与道德。我为他的课而陷入了疯狂的阅读之中，也曾在他的课上拿每篇论文、每次考试的最高分。

　　当时的我有青春的偏执和刻薄。我读完了他给的所有书单，知道他在课堂上如天马行空的言谈所来何处；我从他那里知道了文学研究对人性对社会的批判，便反过来觉得他不够彻底。我自己建造了一套逻辑：如果尊重你是因为你的博学，只要我看过更多的书，就不必再对你仰视；如果尊重你是因为你的人格，那么你岂能是言行不一的犬儒；如果你相信自己在课堂上所说的那些理想，你怎么能不做一个背负起时代命运的先行者？

　　这种因为被启蒙而在精神依附与精神独立间挣扎的压力，使我的大学时代完全沉溺于求知之中。然后我有了新的偶像，后来的阅读又压碎了新的偶像，而终于从偶像的幻想中解放出来，越来越自由。然后我考研，考博，越走越远。

　　十年来，我看过贩卖理想的人，看过贩卖高尚的人，看过贩卖痛苦的人，但是最多的，还是教书都为稻粱谋。十年来，我也遇见过很多美好的人，每一个美好的人，都曾让我在某一些春日夏日秋日冬日单单怀揣着对他或她的欣赏，就内心饱满、生命充盈。

　　但是对于他，在很长的时间里，我宁愿选择认为他并不像我希望的那么美好。我想，那是因为当时的我还太过年轻，还太偏执于或此或彼的二分；更因为，当时的我，还是一枚未曾破茧的蚕子，羞涩而自卑，不知道承认一个人的美好，并不是要将自己低到泥土里去。

可是有什么更好的事情呢？十年以后，当我偶尔打开一个并不熟悉的同学的博客，我看到了他的信。我如第一次坐在他的课堂上，如被春风穿过一样，全然地感受并相信他的美好。原来，那些曾经照亮我的光亮，一如既往地在一个角落，温和地、暗淡地、恰如其所能地亮着，只是从照亮之灯远遁为相伴之灯，就像旷野路上，天穹的群星。这十年，终点还远远没有回到起点，可是重新看到这盏微弱的灯光，使我知道，我的航程还没有偏得太远，也不会在未来的日子里陷入绝然的漆黑。

市 井 三 君

一、车库君

我认识一个人。他的皮肤比月亮还要白，修长的手上看得见淡蓝色的血管。我已经有六年没有见过他了，也不知道他的店还在不在。我的朋友小猪听了他的故事后，问我"你为什么没有把他变成你的男友呢？就是前男友也好啊"，然后每天让我复述一遍他的故事。我知道她已经走火入魔了。

那时我在读研究生，他的店在学校附近的街上。那是一条很繁华的街，有大树和小房子。白天我们在这条街上喝咖啡，试衣服，晒太阳，但晚上九点过后就得让位。那时酒吧里的姑娘都睡醒来上班了，穿着漂亮的裙子站在街边玩闹。

他的店卖的是影碟和打口碟，这样的生意租店面当然不划算，因此他把店开在弄堂口的车库里。自打第一次晃进去之后，我就处处听到他的名字。那一周，先是听见男朋友说"把烟落在车库了"，又在路上遇见要好的女朋友提着电脑，说去车库修。原来早在我认识他之前，他们就都认识了。

据说他曾是西门子的电子工程师，因为上司不肯让他请假，他又确实太想看世界杯，就辞职回家了。世界杯结束后就开了这家小店，只有十个平方大小，门口放着一张很大的松木桌子和一张可以坐三个人的松木靠背椅。我每次都是晚上去，看到他一个人坐在椅子上看一本英文哲学书或者音乐书。店里有时有一个顾客，有时没有。

有时候他在墙角理碟，我和朋友就坐着聊一会儿，听听他放的世界音乐，翻翻他桌上的书。如果一起去的是女生，我们就偷偷谈论一下他的白衬衫和他消瘦沉静的样子，猜测一下他的情史。如果和男朋友一起去，他们聊球和音乐，我就会去街拐角的超市买几瓶啤酒，喝完了把瓶子剩在他店里。苏州春天夜晚的风，就暖暖地从小巷里吹进来，陪着我们过了一晚又一晚。

我不知道他卖出去过几张碟。据那位经常把电脑拿去修的女朋友说，有一晚上，她又在那儿坐着，一个喝得半醉的外国人搂着姑娘进来了，热热闹闹地在店里打转。他忍了一会儿，先小声骂苏州话，再大声骂英语，最后不由分说地拉下卷帘门，打烊走人。从此我们知道他不喜欢的人，最好不要冒险去他那个店里。

好在我们都属于他喜欢的人。有时去买碟，挑的不够好，他就说："这张买了做什么，我给你刻一张吧。"偶尔挑到一张好的，他看一看，很不好意思地说："这张我以为卖不掉的，我自己喜欢，刻一张给你吧。"我目瞪口呆，下次再也不敢提买东西的事。

我对他的最后一个记忆已经很模糊了，只记得那次坐在店里消磨时间，他理完碟之后很突然地说家里的房子要拆了，可以添一点点钱买一套安居房，然后慢慢拿出一张房型图，让我们帮他看。我就是在那时看到他手背上淡蓝色的血管的。

二、咖喱君

咖喱君的小店开在观前街西边的一条小巷里，隔壁是看起来很高级的会所，对面是破破烂烂的水果店。小店的样子就是一扇木门外挂着个酒牌。店里只有十个座位，四个靠着吧台，剩下的配上桌子，靠在墙边。

路过的人是不会贸然闯进店里的。他们在门口犹豫地探探头，就又走了。店里有种莫名其妙的气氛，使人一时不能确定是不是在营业。而且店主从来不给探头探脑的客人什么好脸色。他问的不是"您想吃点啥"，而是"找谁"。

受不了这种心理压力的客人就走了，留下的都死心塌地，一边吃饭，一边学习咖喱君的礼仪。曾经有个食量大的家伙在吃完一盘猪排饭之后意犹未尽，要求添饭，咖喱君教育他应该在吃之前先想好到底要吃多少；还有一个姑娘被要求喝完珍珠奶茶才能进门。某同学殷勤地帮我搅拌咖喱，咖喱君从吧台后冲出来制止，吓得某同学立刻扔下叉子，摸出一根烟递过去。

咖喱君可不是好管闲事的人。大多数时候他都腼腆地躲在吧台后面做菜，只有忍不住了才会出声。因此我们就常常去坐在他的店里，吃一盘咖喱，聊上半天，就好像他并不存在一样。但是下次去的时候，如果生意不忙，咖喱君就会陪我们喝上一杯汽水，然后建议"某人不错，下次可以再带来"，或者"某人你下次不要再带他来了"。

有一次，三个风流浪子挤在吧台边上，菜还没有上来，其中一个闲得无聊，就对吧台里的小姑娘说开了情话。他带着对同伴显摆的意思，就把情话说得花样百出。小姑娘渐渐脸也红了，动作也局促了。咖喱君举着一盘菜从厨房出来，指着那家伙说："你出去。"浪子虽然诧异，但很有风度，他很忧伤地和同伴告别："你们吃吧，我只能在外面等你们了。"咖喱君不忍心了，他把菜又端进了厨房里，很诚恳地对三位先生说："那你们都出去吧，以后不要再来了。"

七八年来，咖喱君的小店雷打不动地卖着仅有的四五种食物。他的菜也会涨价，味道却从不变坏。每次回苏州，我都和朋友约在他的店里。他有时凑上来说几句，内容都是生意难做，要把店关掉。有一年回去时，他的店真的变成了一间小发廊。我们很不情愿地拐到大街上排队去一个连锁咖喱店吃，却觉得真是难吃。然后我们去发廊周围问了很多人，又走了很多路，终于在另一条小巷里找到了他的新店。还是小小的一个店，咖喱君看到我们来也不觉得惊讶，依然腼腆地在吧台后忙碌。店里有些附近高中的小女孩，一边吃着咖喱，一边互相怂恿去向他讨手机号码；虽然没有要到，却还是满足地大笑。

咖喱君在日本学过漫画，店里挂着一些他的画稿，最大的一幅是直接画在一面墙上的狗熊；熊很大，至今没有上色。

三、布衣妞

苏州的夏天，暴雨来得没有预兆，远远地看到天边镶着金边的巨大云块，这里就下起瓢泼大雨。有一天，我在网师园门口逛小摊，雨忽然就浇下来了，千万条瀑布从网师园的砖雕门楼前流下来。屋檐下干燥的空间越来越小，我和一只小狗几乎把身体缩成了墙上的海报，但雨还是随着风一阵一阵地舔着我的裙角。

　　小狗看看我，忽然一转头走了。这时我才发现背后是一家小小的店铺，夹在两间向游人兜售蓝印花布的热闹店铺之间。此时店铺里没有开灯，门虚掩着，一条小小的缝刚够小狗钻过。我轻轻地推开门，一阵风铃的声音和奇楠香的味道从门内传出来，它们撞击着交界处的空气，我忽然闻到雷雨的气味，如同清凉的尘土。

　　一个剪着童花头的漂亮姐姐坐在店铺深处。她穿着花布旗袍。那种陕北人用来做被面的花布，用正红和正绿两色印着凤穿牡丹的图样，被她穿在身上却很好看。我想是因为她气质清冷、身形纤瘦、头发黑亮、银耳环足够修长。我看着她，忽然觉得她像一种在雨夜里溶解的灯火，色彩从她的身上弥漫开来，变成衣架上挂着的旗袍和沙丽、木盒中的尼泊尔耳环以及玻璃窗上银灰色的雨点和窗前明亮的绿色植物。那天的雨下了整整两个小时，我和她被关在了再无一人经过的小店里，你看看我，我看看你，听听音乐，翻一下她放在门口结缘的佛经。

　　后来我常常去她的店买裙子，每买一条裙子，就要听她讲一会儿因果报应。那些像油画颜料一样明艳饱满的裙子，在她的店里穿每条都很好看，走出店门，却像凋落的花朵一样皱缩而俗艳。有一次我和卿卿在她店里抢一条宽大的吊带长裙，最后我买了荷叶的绿，卿卿买了樱桃的红。四十八小时之后，我坐在一家公司的会客室里，从头到尾都在想怎样才能赶快告辞去买一件白衬衫，换掉这条绿裙。而卿卿那件，走出店门后就再没穿过，直到她家来了一个少见多怪的美国青年。美国青年在爬灵岩山时买了一件酷毙了的黄色袈裟，从此锲而不舍地鼓动她穿上这件"颜色特别疯狂"的红色袍子，一起在七月初七早上五点去带城桥下、凤凰街口指挥交通。

布衣妞的名字叫菲菲。她有一只名叫羞羞的小狗和一个像她一样美的女儿。她说女儿患有先天性心脏病，所以在做手术前，她就在佛前祷告，如果女儿能够救得回来，她就终生茹素。最终女儿活下来了，她不但自己素食，还要求小狗和女儿一起素食。因为小狗总是要去人家家里啃骨头，所以名叫羞羞。夏天的时候，她五六岁的女儿剪着童花头，穿着妈妈的吊带衫，带领隔壁小男孩在巷子里玩强盗游戏，看起来美丽又健壮。有时候她会冲进屋里，很认真地向妈妈要钱去买羊肉串吃，菲菲照旧是讲一遍不可杀生的道理，然后拿出五个硬币。

第三个夏天过去的时候，我走过那家店，发现已经换了主人，她们说菲菲去英国结婚了。菲菲不会说英文，可是她找到了交友网站，用翻译软件谈恋爱。菲菲有三个名字、三个出生日期，分别写在她的身份证、户口簿和个人资料中。

菲菲真的存在过吗？那个胸口上留着一道伤疤的小女孩，瓷娃娃一样美丽的脸上，有着匪气冲天的倔强，长大之后，她会成为什么样的人？那只名叫羞羞的小狗现在可以尽情地啃骨头了吧？

街巷中的店开了又关，关了又开，故事就这样中断并开始着。

只 影 向 谁 去

一

最早知道沈泽宜，是在一部纪录片里。片子里出现过许多已往或未往的人物，唯有沈老师给我留下的印象最深。他讲述往事时如在目前的真实感，以及苍老的目光中属于年轻时代的泪花，让我把他和其他人区别开来。岁月过往，多少人的记忆与陈述被一遍遍合理化，变得圆融、理性、高屋建瓴。唯有沈老师会让我联想起一个电影镜头：两人在薄雾苍茫的码头挥手作别，再见已是垂垂暮年，当时的记忆却因半生绝然相隔而未曾变易。在这半生之中，他经历了比分别之前更为惨痛的人生，却被这记忆带回青春，带回少年意气的惆怅与多情。

拍这部片子的时候，沈老师还住在湖州师院，十几平方米的一间单身宿舍，成捆的书靠墙堆在地下，墙上

贴了一张 80 年代流行的美女月历牌。沈老师就坐在俗
艳的月历牌前接受采访,看起来和纪录片的主题很不和
谐。沈老师的目光穿过他眼前的对话者,穿过屏幕,看
向身后更远的地方。那里,是五十年前北大校门口的小
饭馆,一对心怀爱恋的年轻学生隔着早餐的人流,默默
地对视,便再未相见。他眼里的光陡然暗淡下来,接着
闪出了泪花,那是从二十岁的沈泽宜猝然回归的痕迹。
于是,那幽暗背景里的一切不和谐都被抹平了,一种极
纯粹极透明的光闪现其中。

我的朋友吕栋是沈老师在湖州师院时的学生。吕栋
1990 年刚上大学时,沈老师还没有教课,学生只是常
常在食堂里看到一个老头独自打饭、吃饭、涮碗,就像
普通校工。后来恢复教学了,沈老师每到周末就郑重打
扮,出现在学校的舞厅里。沈老师的舞,跳得是全校最
好的;沈老师的舞伴,也总是全场最漂亮的。吕栋很喜
欢讲沈老师的故事。讲他无事骑着一辆破自行车,从湖
州骑到桐乡,又从桐乡骑回来。讲他去报名参加湖州市
卡拉 OK 大赛,荣获大奖。讲别人诬陷他为"花老头"
的故事。吕栋讲得愤愤不平,决定带我们去看他。

二

　　沈老师的新家在一个很大的拆迁小区里，阳台上种着白兰花，可以眺望远处的山，那就是西塞山。沈老师一生未婚，唯一的妹妹也已去世，家里来往的，除了越来越少的故人，就是慕名而来的晚辈。仰慕者满足了看新鲜的愿望，三年五载都不会再来。一个保姆把房间收拾得很整齐，但缺少一点生活的热气。

　　沈老师在《倾诉：献给我两重世界的家园》中写道：

　　　　众水之上，一声鸟叫的距离

　　　　我们和冬衣一起

　　　　晾晒前人的梦想，邻居们

　　　　一边拍打，一边互相问候

　　　　谈论天气、物价，儿女婚姻

　　　　为生命的短暂相逢兴高采烈

　　我曾为这段诗中的生命热忱打动，但我所看到的是一个显得冷清的家，或者是略像一个家的书房。初去湖州的那天，天上下着小雨，闷热之极，诗里那种冬末春初的喜悦自然不能想见。熟如各个小区中默然的脸色、细雨中楼栋的寂寞以及无从谈起的儿女婚姻，使得笑声背后总有挥之不去的阴郁。

我们去楼下小餐馆吃饭，回来的时候，保姆刚走，书桌上丢着一朵新摘的白兰花，带着雨珠。在沿太湖的江南人家，白兰花从来是放在竹篮里盖着湿布沿街叫卖的，那点清淡的香气，就是劳碌之家仅有的闲情，是贫寒女子唯一的妆饰。沈家的白兰花虽然细瘦苍白，却是一生颠簸中难以持有的，就如这一间书房、一脉远山，虽然单薄冷清，也要等到七十来岁才能安处。

我们想要以年轻愉悦他，却被他对往事的戏剧性描述逗笑，觉得真是好有趣。我们却忘了，他曾在如我们这般年纪，在陕北修路，天高地远，知交星散，既看不到山外，又看不到未来；后来，在湖州挖下水道，十几年不与亲友通信，没有人知道他是谁；再后来，他便渐渐地老了。

沈老师对我说："年轻真好啊。那时我在陕北修路，单纯的劳动真的能让人心里畅快。斗大的石头，一块块挖起来，大冬天干活都热得要光膀子，渐渐地，身上晒得乌黑，胳膊上的肌肉可以流动，像奔马一样在跑。"他讲得目光闪亮，满含憧憬。那是我第一次听人描述自己的困厄生涯，惊诧居然是这样昂扬的情绪。很多年后我读到苏轼写"九死南荒吾不恨，兹游奇绝冠平生"，依稀感到中间有一种相似：被命运投入不可思议的旅程，并活着归来，识别出其中的馈赠。

面对沈老师，我常常感到猝然，如同他展现给我的印象。他的记忆也充满了不同的色彩，互相碰撞，又互相融合。他独有一种天赋，能最大限度地保有心灵的记忆。这些记忆，不被理性编写，不被悲情篡改，不被年龄遗忘。

那部纪录片中，50年代北大门口的小饭店里，与沈泽宜隔着人群默默告别的女孩早慧而忧郁。"你们有谈过恋爱吗"？这是前去拜访沈老师的年轻人最爱问的问题。但沈老师却说，在当时，他并不很懂得她的思考，也不知道怎么欣赏她的忧郁。他喜欢的是活泼开朗的女孩，是在花神庙前穿红裙跳舞的印尼华侨。直到"风波一失所，各在天一隅"的分离到来，在十年积冰堆雪的日子里，那个早慧、忧郁的形象时时出现在他的面前，参与他对自身灵魂的拷问，参与他理想的崩毁与重建，他才逐渐理解了她。对于他一生的记忆而言，那个成熟、忧郁的形象，并不是他维特之梦的形象，而是时代命运的总廓。许多年后，沈老师坐在镜头前，回答在小饭馆里最后一眼看到她的感觉时，他的回答是："更美，更圣洁。"

三

我问沈老师，当他们还是青年学生时，是什么让他们相信自己的感觉，坚持自己的判断，并决定发出自己的声音。沈老师回答，他们这些经历了整个四五十年代的人，对时代的变迁有切身的体验。他初入北大读西语系，系主任是冯至，后来转到中文系，老师是林庚，听过最好的课，遍读中西书籍。经历足够多的好东西，就会有比较和思考。另外，当时北大内部在留学、出国、评比等诸多方面的不公，又让他们感受到切身的问题。

而敢于指出这些问题，除了出于青年的正义感，更多是源于对政府的信任。

沈老师说，他没有为自己的诚实后悔过，没有如屠格涅夫笔下的女孩在门槛外面临"如果是错了"的问题。他坚信自己的看法是对的，后来认错，也只是想要不连累同学。不管付出了怎样的代价，他们承担了属于他们的历史。我在他身上看到50年代青年知识分子所拥有的标尺：另一种社会的生活经验、充分的思想资源、未曾磨损的信心和善恶感。它们在今天格外稀缺。

经历厄运，他更确认了年轻时代所崇尚的价值，并因死亡的临近而更为珍惜。好几次，在一番七嘴八舌后大家沮丧的沉默中，沈老师忽然变成其中最不沮丧的人。我们讲到无法预知的未来，使人束手无策的曾经，然后找不到语句来总结。沈老师忽然开始了他的总结："我已经七十多岁了，一定要注意保存内心的青春、激情，以及，需要时的一点奋不顾身。"

四

这"奋不顾身"的品质，对爱情竟同样适用。有一年中秋，我们在苏州相门桥下的"老苏州"饭店吃肉酿田螺，沈老师讲起了骑自行车旅行时，在杭州郊外途遇大坑，把自行车摔成麻花的事。他讲得极开心，忽然降低语调，仿佛怕邻桌听到："我今天坦白，我可什么都说了。十几年前，也是一个中秋节，我和一个要好的女孩子说好，吃过晚饭一起赏月。那种感情，间于爱情和友情之间的，很美好的。于是我五点多吃完晚饭，便骑车上路，其间有十五公里，预计七点能到。谁知骑了五公里，天已经黑了。我正低头沉思，恰好在这个时候，前面路上不知不觉地停着一辆三轮车，码了一车的砖头。我抬头的时候，离车只有几米了，我的车速又太快，肯定来不及刹车。幸好我当时比较冷静，知道如果躲让，肯定人仰马翻，我就端正笼头，正面撞了上去，结果膝盖撞在砖头上，摔下车来。那车砖头呢，却是纹丝不动。我看看膝盖，觉得疼得很厉害，心想约会是去不了了，赶快掉转车头往回骑；幸好只走出了五公里，第二天早上，腿肿得都没法动了。"

我们笑成一团，并不心疼他的膝盖，反而为那个被放了鸽子的女孩担心。沈老师也笑，好像颇为"很美好的"感情和"幸好我当时比较冷静"得意。我所知道的有关沈老师的事，凡是他亲口所说，大都伴着这样一波三折的笑声。他说过以前写的检讨书，说过陕北的毛驴，说过未及发生的爱情和小时候奶奶种的木香花。

饭店不远处是苏州大学医学院。20 世纪 40 年代，当那里还是苏州建筑专科学校时，沈老师在那里上过学，只是成天跑到苏州图书馆去借文艺书看。谁知这一借，就注定了他一生的命运。沈老师一生颠踣，他从未抱怨，只是把这半生中遇见的山山水水、陕北的农民与毛驴、故乡那些曾把他抛弃的邻人、世俗的幸福以及未曾拥有的儿女婚姻，都化作了一个个温暖的符号，写进诗歌。在《倾诉：献给我两重世界的家园》的结尾，他写道：

在一群伙伴中，我只不过是
一名打弹珠的少年。如今

像一株被冬天剥夺一空的桑树

高举风中的双臂，张开十指

为永远的家园祈祷平安

五

此后很多年，我常常去看望沈老师；而他也总是穿戴整齐，一身西装去湖州长途车站接我，再在小区门口的餐馆里订下一桌丰盛的菜饭。后来我出国又回国，在无锡任教。某一个台风席卷江南的天气里，我在教工宿舍接到沈老师的电话。他向我描述他楼下最健壮的一株樱花在风里折断。我接着电话，看着暴雨一遍一遍冲刷着楼下的操场地面，将我楼下的樱花树苗弯折成深深鞠躬的样子，心想这电话怎么总也说不完。当时沈老师已患肠癌，隔几个月就打一个电话，冷静地讲一遍肿瘤的大小、指标的变化，细致地比较各种治疗方法的优劣，告诉我他计划做肠道手术或造瘘的时间表。电话打完，最后一句总是："你什么时候来看我？"

耐心是一点一点消磨的。记得他在手术之后第二年春天，打电话告诉我，楼下那棵被台风折断的樱花树居然在侧枝上恢复了活力，开出了灼灼的花朵。当时我欣然前往，扶着手术后步履蹒跚的沈老师下楼看花。如同陶潜对寒霜中的青松"提壶抚寒柯，远望时复为"，他摩挲着樱花树银色的枝干，说着它生命力的强大，又像是在说他自己。

沈老师的病情还是恶化了，到最后他开始相信江湖医院，用更多时间向我解释充满了高科技词汇的新技术，语气间充满了信任；而我却越来越没有勇气接起电话，积攒一堆未接听，偶尔才回拨一次。

2014年夏天，电话里传来他家保姆的声音。保姆说："沈老师快不行了，他想要见你。"我鼓动朋友陪我去湖州，完全是因为感到害怕，不知道如何面对一个将死之人的期待。我们经过宜兴、长兴到达湖州，走的是太湖沿岸最宁静轻盈的丘陵地带。车在阳光下的水田和茶园间行驶，我感觉不到悲伤，甚至觉得不真实。

我走进病房时，沈老师正昏迷。医生说他可能不会醒了。我把花放在他的床头，与朋友在医院楼下的餐馆吃完一份炒饭，算是完成了告别，却在返程路上被电话叫回。傍晚我再次走进病房时，沈老师醒着，正喃喃自语。保姆把床边的椅子让给我，示意我和他说话。他只是微微地侧了一下头，似乎看见我来，又似乎没有看见，目光穿过我，穿过在病床前忙碌的护士和护工，从她们的缝隙中间望向远方。那里除了一面白墙什么都没有。他喉咙里发出的声音嘶嘶而有节奏，没有人能听懂。保姆轻轻地啜泣，说着一些"你放心去吧，这辈子也是苦够了"之类的话。

在那个帮不上忙的瞬间，我忽然听见他说的是："问世间，情是何物，直教生死相许。"这琼瑶剧的剧情怎么可能？接下来是喘气声，抹去刚才那个荒诞的瞬间。可是我又听到了下一句"天南地北双飞客，老翅几回寒暑"。

这是元好问的《雁丘词》。我打开手机，搜索到全文，像检验小学生背诵一样，听他一字一句准确地念出：

问世间，情是何物，直教生死相许？
天南地北双飞客，老翅几回寒暑。

欢乐趣，离别苦，就中更有痴儿女。

君应有语：

渺万里层云，千山暮雪，只影向谁去？

保姆和护工依然什么都没有听见，而和我一起来的朋友听见了最后一句。他从床尾走到床头，拿过我的手机，核对确认后抬起头来，与我面面相觑。在那个瞬间我才感到了悲伤，眼泪唰地流了下来。沈老师重复、循环地背诵了三首古诗，当时我们发誓一定要记得，但在几年之后，却只记得这一首。我想这是因为在此之前，我从未多看《雁丘词》一眼，而从此之后，沈老师的影子就和"渺万里层云，千山暮雪，只影向谁去"的金朝孤雁完全融为一体。那是我第一次知道，在通向死亡的最后一程上，居然真的有诗歌存在的位置。

沈老师并不是在那天去世的。几天之后，他的学生打电话来说，沈老师去世了，追悼会安排在某日。我只记得是独自前往的，但忘记了追悼会的所有情节，除了一件：在守灵的夜里，在一间空荡荡、四处漏风的房子里，人们来来去去，学术界的朋友送来高雅的挽联，保姆和邻居拿来蜡烛和供品。有两个人至中年却依然美丽的女子，人们说是沈老师以前的学生，她们好像置身于另一种气氛，轻轻地哼着歌，在折千纸鹤，像小女孩沉浸在游戏的专注中。几个小时之后，其中一个抬起头来，好像忽然看到灵位前的纸钱和银锭，她笑了一下，甜甜地说："沈老师不喜欢这些东西的。"随即她走过去轻轻拨开那些东西，把成捧的千纸鹤放在沈老师的照片前。

当纸钱和银锭纷纷散落的时候，我忽然想起沈老师穿着白色学生装的少年时代、与最美的女学生翩翩起舞的迟暮之年，想起我一直想给他买却没有买的木香花。我走出屋子，凉气已经袭来，湖州初秋的星空正如古诗所言：

　　三更开门去，始知子夜变。

春 日 忆 迦 陵 师

一

要是不曾成为教师，我大概没有机会更深地了解叶嘉莹先生。

2011年我博士毕业，毕业典礼时叶先生在海外，没有参加；但对我而言，离别早在两个月前就已开始。那是四月的黄昏，在叶先生温哥华的家中，我度过了在加拿大的最后一天。去机场的路上，太平洋的风从海上吹来，摇动一整片森林，背后是我不再能轻易踏上的土地，以及永远过去了的学生时代。我既为日后不再需要在老师面前战战兢兢地汇报功课而感到轻松，又为依然未曾给自己的人生找到一个支点而觉得茫然。

对于人生中最重要的问题，古典文学能否做出圆满的解释？对于人世间最险恶的选择，古典文学能否提供坚强的支撑？对于人心里最幽茫的心事，古典文学能否给予温存的慰藉？因为没有找到确定的答案，我带着入宝山而空回的失落，准备将这次离别当作夙愿的达成和旧梦的埋葬。

二

跟叶先生读书，是我青春时代一以贯之的梦想。2001 年，我正在读大二，对于人在世界上能够追求什么，想要找出最可靠的答案。那年我有两次暗室逢灯的经历，一次是被苏州北寺塔廊间书写的"一切有为法如梦幻泡影。如露亦如电，应作如是观"震惊，另一次就是偶尔看到了叶先生的书。《金刚经》讲的道理是万有皆空，而叶先生开篇即说："我以为中国诗歌中最重要的质素，就是那份兴发感动的力量。"我在图书馆幽暗的书架间席地而坐，看叶先生从陶渊明讲到杜甫，又从杜甫讲到李商隐，直到丰厚高贵的人类情感在我心中激起的共鸣盖过了对空无的知觉。那是江南仲春，半城花开，半城花落。走出图书馆时，我似乎感到无常之中，有一贯之物，在流转之中，有坚刚之气，因之，短暂的生命也值得认真度过。多年以后,我亲耳听到叶师说起"以无生之觉悟为有生之事业",更笃信那不仅是智者的开悟之语,更是仁人的坚誓之辞。

我想,是叶先生影响了我的人生,使我选择了古典文学专业。但在网络还不发达的 2001 年,我甚至不能确定叶先生是否与我同在一个时代,更不论身处何方。后来在南开,我认识了很多被叶先生的讲座打动而立志学词的同学。我想,我们都是在先生身上看到了人生的一种可能 —— 通过全然投身于古典文学,服从它的训诫,接受它的磨砺,从而躲避时光的衰朽,抵御尘世的侵袭。

当我们在台下仰望,先生身上体现出的从容、有力、清明和优雅,足以使我们相信,跟随先生,就不会在人生的风雨飘摇中失去方向。

三

2007 年春天,我去天津参加博士复试,回来在硕士论文的后记里写道:"清嘉庆元年,张惠言来到安徽歙县，在与学生探讨治学为人的道路时，他也忆及了北地的杨花。他说，'我有江南铁笛，要倚一枝香雪，吹彻玉城霞。清影渺难即，飞絮满天涯'，愿以异人所授坚刚不摧之笛吹彻碧海中三万里太真碧玉之城。但那极为高远的人格境界，哪怕如张惠言一般终身赴之，依然只如灵光一闪，转眼飘散无踪。当我初次置身于北地杨花乱舞的春天，新生与凋颓不过是顷刻的转易，生命的偶在感扑面而来。我想，我期待这样的灵光。"我正是携着先生的《清词丛论》赴考的，在往返的列车上，我数遍翻看《说张惠言的〈水调歌头〉五首》一文，将心绪沉浮在笛者竭尽心力的热诚追求与理想的落空无成之间。先生讲诗词，尤其注意词境中碧落黄泉两造，于追求时有飞扬之致，于落空处有低回之美。我当时醉心于此，却没有注意到此中强烈的孤独，即飞扬时无人跟随，落空处无人安慰。

每个前来拜访先生的人，都会叹服她在时代和命运的波折中如一株"凝霜殄异类，卓然见高枝"的嘉树。而声称要追随先生的人，往往分辨不清自己是寻求荫庇的投林倦鸟，还是迎战风雨的林中幼树。当时的我以为找到了一条容易的路，幻想成为叶嘉莹的学生就自然获得了一种加持的力量，从此不必走过死阴的幽谷。但当真正开始博士课程，我像所有人一样需要面对考试、论文、毕业、工作、恋爱、社会、人际关系中的挫折。在先生的课上，大家赏析诗词，谈论理想。走出先生的家门，一个个却都生活得并不如意。我体验着此间的落差，渐渐埋怨古典文学固然优美却虚幻无力。

现在想来，我当时想要获得一种无理的豁免权。好像当我决定选择形而上的世界时，形而下的世界就理应为我准备一种简单平易的生活。我爱读先生的《鹊踏枝》词："玉宇琼楼云外影，也识高寒，偏爱高寒境。沧海月明霜露冷，姮娥自古原孤另。"广寒深处的灵光如此纯粹，它的诱惑使我忽略了另一层意思 —— 人生并非在形而上世界与形而下世界中的一次性取舍，而是千百次的折返。

这真是一个有趣的悖论。先生的人生和学术中最有力的地方，正是在人天两造往返间体现出的巨大韧性，是承担琐碎艰难的生活后依然能投入精美而持久的精神活动的能力。但读者因为醉心于先生对理想世界的描写，便将先生遭遇的苦难也想象为一种浪漫的审美体验，妄图以诗词为魔杖，使七苦避易，将人生变得诗意而平坦。

妄念终归落空，人生却在继续。所有浪漫的幻想并不能支撑对古典文学的热爱，我虽然读完博士课程，却觉得再也不能重临少年时代被诗歌照彻的瞬间了。离开南开时，我将所有古典文学的书打包邮寄，放在手边翻看的却是一册《圣经》。

四

三年后的一个春夜，我难以入眠，有一句词在我的脑海中盘旋，久久不去，但是我怎么也想不起下文，只能开灯翻书查找。这首词是王国维的《蝶恋花》：

忆挂孤帆东海畔，咫尺神山，海上年年见。
几度天风吹棹转，望中楼阁阴晴变。

金阙荒凉瑶草短，到得蓬莱，又值蓬莱浅。

　　只恐飞尘沧海满，人间精卫知何限。

　　反复诵读这首词，有一种奇异的感觉，好像一个旅人在歧路间抉择奔突，以为每一个决定都是自己做出，每一条道路都是全新开辟；但在偶然之间，他翻开一册旧书，发现自己过去以及未来的历史都已赫然绘出。一些记忆顷刻间回归，先是先生在天津的寓所中戴着老花镜，玩着自己的手指，对半空中念出"王国维'忆挂孤帆东海畔'一首"；然后是太平洋边的 UBC 大学（英属哥伦比亚大学）东亚图书馆，馆内的东亚图书和东亚面孔让人放心用汉语互致问候，但一走出馆门，便有无限阳光炫目，使人聚不起乡愁。

　　我读博士之前，每次想到先生，获得的都是那个在讲台上优雅自足、铿锵有力的形象，以至于我后来读到阮籍笔下"登高眺所思，举袂当朝阳"的"西方佳人"或者托尔金笔下的凯兰崔尔女王，就自然会联想到先生讲座中的样子。她们都是光明的追逐者："西方佳人"将读者的目光带到云霄之上，凯兰崔尔女王送给远行者的礼物是装满星光的水晶瓶，以抵御吞噬一切的黑暗与虚空。但在这个江南的春夜想起先生，她给我的是另一种影像：一个柔弱的老人的侧影，穿着质地柔软的旧衣服，夹着一本书或一个小包，慢慢悠悠地从卧室中走出，攀上图书馆的台阶。学生辈看到，就会以百米冲刺的速度跑过去，试图扶她一下。

人如何能整合这两种完全不同的影像，或者说如何整合人生中这两种完全不同的经验？如何安处于几乎是无尽的精神追求和局促的肉身限制之间？人类愿意将那些曾经"举袂当朝阳"的人固定在高台上仰望，希望他们永远带来希望、力量和抚慰；但只有当事人才知道，在一瞬间豁然开朗背后有多少百转千回，又要独力战胜多少的幽茫心事，才能凝结起一次掷地有声的讲演。

如果看不到叶先生柔弱平凡的一面，就无法完全理解刚强那面的价值。她夹着头发卷子在厨房里做早饭的样子，在卧室翻找老花镜的样子，为了打印机故障而着急的样子，由小熊师弟扶着去找裁缝修改旧衣服的样子……赋予了她讲台上形象更大的深度和真实性。

古典文学并不能帮助人免除生活中必须承担的重负，却也绝不是闲暇者的消遣、失意者的抚慰。读先生的书、看讲座视频和听讲课音带时，我有时会忽然惊觉某段音频是 80 年代在温哥华，某篇论文是 70 年代在美国，某首诗是 40 年代在北京，而某讲座是三五年前在南开。它们写成于六七十年间，却浑然一体。中国一百年来的世事变迁，使人如枯桑转蓬，今日海角，明日天涯。置身于一站接着一站的客旅中，生命的完整性被外在现实拆碎成浮木断柯。当我们阅读那些世纪老人的历史，最动人的篇章就是描述生命的完整性失落的时刻。他们中的一些人在晚年重新找回初心，更多的人臣服为历史之偶然性的傀儡。叶先生给我们提供了一种完全不同的经验，即外在现实的破碎乖谬仿佛未曾扰动她生命的内在完整。在叶先生的著作中，我们会发现，她对某些主题的关注持续了一生。她反复地体会并言说，而那些足以将他人击碎的遭遇，在叶先生这里却只是将这些主题变得更集中而深刻了。

古典文学在叶先生身上体现的奇迹是赋予生命完整性并因之提升生命的尊严，在"劲风无荣木"的时代，能使"此荫独不衰"。这种内在完整性的达成未必就高于迎战生活的成就，但它是我们在瞬息万变的世间唯一可以主动追求和把握的东西。

在那个春天的夜里，当翻到先生对王国维《蝶恋花》的讲解时，我看到贯穿古今的是一种悲喜交织的必然命运。写"悦怿未交接，晤言用感伤"的阮籍也好，写"几度天风吹棹转，望中楼阁阴晴变"的王国维也好，写"清影渺难即，飞絮满天涯"的张惠言也好，抑或是先生也好，之所以必须倚仗古典文学所营造的那个理想世界，是因为只有决定相信理想世界的存在，人生才能从蜉蝣式的无谓的漂流变成值得的追寻，时间之丝也因为找到了胃绕的线轴而不飘散于虚空。做出这个决定的，与其说是智慧，不如说是人世的深情。在"怎样的人生是值得的"这个问题上，科学家无法提出具有说服力的证据，告诉我们如何做才确实是对的；但内心赤诚的人总能找到自己的道路，知道如何度过一生才是"甘愿如此"的。

五

那个春夜到来之前，我已经在大学教了两年多古典文学。因为讲课的需要，我有机会以缓慢的速度重新阅读先生的著作。先生讲诗学的著作大都整理出版了，讲文、曲、赋等文体的也在研究所存有音带。阅读这些文献，我仿佛与少年时代的自己重新聚首，只是在免除了对文学拯救人生的奢望后，得以用更宽阔的视角领略古典文学中不同的美感。

我渐渐发现，从审美的丰富性上来说，叶先生可能是我们这个时代的古典文学阐释者中最兼容并包的一位。她虽然拥有自己鲜明的偏好，讲诗时却将注意力均匀分布到每个诗人独特的禀赋、气质、技巧和人生经验上。她能够欣赏自己并不赞同的诗人，将他们的好处说给与那些诗人气质相投的读者听。初次阅读先生的著作时，我注意到先生所喜爱的那些在道德情操上堪称典范的诗人。而此次阅读，却使我注意到那些之前忽略了的诗人。他们存有瑕疵，因软弱、虚荣、自大或轻浮而没有度过完美的一生；但他们人性中的光芒与阴霾一样记录在诗歌之中，经先生的讲解而为后人得知。如果说少年时的阅读经验全然被理想照亮，那么此次阅读却增添了对人生软弱和局限的体知。

第二个发现来自我和学生一起学习古代文学史的经历。在人人都指责学生不懂得古典文化的今天，我却觉得，有一种不依赖于书本知识存在的文化血缘，不管我们接受多少西方的理论，在理性上多么认同西方自然科学和社会科学取得的巨大成就，并愿意建设更开放的社会和更具现代性的政治制度，但在情感和审美上，我们却被"写定"为东方的样子。这样的"写定"并不来自我们接受的中小学语文教育和思想品德课，而来自使用的汉语——其中深藏着奇妙的"语码"。基于这样的理解，叶先生的书成了为学生启蒙中国古典文学的最好蓝本，因为她正是基于个人情感和审美经验来讲授中国诗歌的。她所重视的兴发感动的力量和诗词的美感特质依然能够直接击中"90后"小朋友的内心，使学生们第一次感觉到诗人在千百年前恰恰为读者的某个此时此刻写下诗歌。有一些学生说，他们决定去考中国古典文学专业的研究生，因为曾有过这样的体验——当经历生命中某个重要事件或瞬间时，已经有一句诗歌在那个时空中等他，使他感受到全然的被理解和被说出。

毕业后每次去南开，叶先生问我最多的问题就是

"有没有爱好古典文学的学生"。记得我第一年圣诞节回去看她时，给她看一个学生的作业，第二年圣诞节去，先生还特地问起这个学生。如果今年先生再问我这个问题，也许我会对她说，爱好古典文学的学生一直是有的，但是他们也要经过很多的犹豫和迟疑，追寻梦想并且落空，然后又在落空中生出新的希望和理解。迷茫和落空虽然如几度天风吹棹转，但咫尺神山，毕竟是海上年年见。山若其色不改，人又何惧于飘转？而这所有的波折都是为了赋予人生一种富有活力的完整性，使我们的少年、青年、中年、老年如同四季般各不相同，而流转无碍。

对于那些格外宏大的问题，我依然没有找到答案。但如今我很庆幸曾有一个关于古典文学的梦想，并将它孵成了职业。2014 年，春三月，我和"90 后"的学生们一起学习两晋文学，讲到"新亭对泣"和"青衣行酒"时，教室后门边打瞌睡的男生都抬起头来了，在那个瞬间，那些未曾身历的久远历史从语言中复活，带给我们深重的悲哀。而比新亭对泣更大的悲哀，是使用着自己的母语，而语言失去其曾有的精美与优雅。那使我们在自己的故乡成为异乡人。我想，不管最后能不能想明白那些重要的问题，单单只是去继续使用和讲解这种精美的汉语，人生也值得度过。

水 远 山 长

一

在温哥华最后一次出游，是在四月的黄昏。家门前的原始森林里，每一片花瓣都朝着落日的方向。红松鼠在杉树枝上来回奔跑，风从海上来，越过林端，奔向美洲大陆的腹地。Wing开车送我们回来。推开门，屋内已抢先进入黑夜。他站在门口的光圈里和我拥抱，然后笑着倒退着离开，一直融进林荫外更大的光圈中。

Wing是我师兄的朋友。在温哥华的一个月里，Wing每天开车带我们去扫荡旧书店。我们在那些小小的店铺中消磨一整个下午。师兄找他的柏拉图，我找女性主义。我和师兄不灵光的英文轮流卡壳，Wing就笑着接过我们的书，替我们向店主问价。也许我们并没有那么狂热地爱书，但与Wing在一起，以买书为理由，我们得以整日在温哥华的市井间闲逛，用一把零钱换取一整天的乐趣。这样无忧无虑的日子接连有三十天之久。

淘书完毕,我们常去一家越南牛肉粉店吃饭。米粉盛在牛肉的清汤里端上来,配上一小篓味道古怪的蔬菜和两片绿柠檬。把蔬菜埋进滚烫的汤里,味道变得格外清亮。我们三个每天去也吃不厌。坐在固定的那张桌子旁,透过窗子看那倾斜下去的街道,对面窄小的服装店,温哥华永远一碧万里的天空,逐渐热起来的天气。Wing 有时会单为我叫上一杯用冰和炼乳调制的越南咖啡,微笑地看着我喝下去,然后心满意足的三个人又一次奔向海滩、公园,或者更远的一个旧货市场。

有一次,Wing 说要在家里亲自做一顿意式大餐。他的家在一套公寓的二楼,走廊宽阔,寥寥无人。房间里有着考究的转角玻璃窗和漂亮的壁炉,但在壁炉上方应该摆放鲜花之处,却放着拆散而以等距排列的一把香蕉。一堆干瘪的土豆和南瓜挤在门边。Wing 解释说,因为他一个人吃得不多,所以需要这样放置它们来保鲜。看着那些已经浮起锈迹的香蕉和乱糟糟的土豆,我第一次意识到Wing生活中草率而孤独的一面。

但这顿饭显然不一样。餐桌早已收拾整洁，按西餐的规格摆设着精美的餐具。他严肃地盯着烤箱，一声不吭。等时候到了，烤箱打开的一瞬间，苹果、焦糖和肉桂的香味充满了房间。他引我们坐下，递上餐布，把苹果派分到我们的小碟子里。在他殷切的注视下，我夸张地咬下第一口，却忍不住发出真诚的赞叹。Wing 于是心满意足地笑了起来，变回平日里幽默随和的样子。

我们吃得很多，Wing 卖力地推荐他最喜欢的意大利香醋，用餐盒给我们打包剩下的苹果派。被某种庄重的气氛感染，那顿饭我们只享用和赞美食物，再没有谈其他，就好像在我们的一生中，从未存在比这张餐桌更真实的事。

二

我常想起 Wing 的一生。他出生在广东，父母拥有一间苏州园林那么精美的宅院。小时候他父亲在一间英国医院工作。院长喜爱他，将他带到英国去读中学。可是英国的冬天太寒冷，他常常生病，想要回到温暖的广

东。等到真回来的那一年，"文革"恰好开始了。当时
Wing 的父母已经到了香港，他独自一人，背负着海外
关系的罪名，被流放到乡下去放牛。

Wing 说，牛在吃草时，他就躺在烈日下的柴垛上
看英文版的卡夫卡，觉得小说中的世界无比真实。几年
后，我听到这个荒谬故事的当代翻版。我回国遇到一个
同学，他说大学毕业，家里人把他塞进城建公司做监
理，他不知道为什么要做，也没有人教他怎么做。他就
坐在烈日下的沙堆上看书。每卸一车沙，他的身边就
扬起一阵沙尘暴，而他只能更低地拉下帽檐，缩进外套
里。这个同学后来离开城建公司，去做了摇滚经纪人。
而当年的 Wing 也终于等到了一个女孩子的出现，她同
样有海外关系，他们可以共享所有孤独的欢乐和悲伤。
然而故事到了最后，女孩为了追求进步，向组织献出了
所有这些秘密。

"文革"后 Wing 出国读书，毕业后进入微软，成为
一个成功的工程师，他一直未婚。他说，大概是很难再
相信一个女人了。他爱三样东西：古典音乐、书籍和矿
石。在很长的时间里，他喜欢做一份需要在东西海岸间

驾车穿行的工作，独自行经加拿大广袤清冷的腹地。到退休之前，他收集了大量的书籍和几十箱可爱的矿石。有一天他出门时忽然想到放在车库里的矿石，心中无由地忐忑不安。等回到家时，车库门已经被撬开，矿石连带箱子悉数被盗，再也没有找回来。

失窃事件后，Wing 卖掉别墅，买了这间小小的老年公寓。存不下的藏书干脆也都送人，完全依靠图书馆阅读，省下的钱捐给音乐学院。此后他常常会收到学院的请柬，请他去听学生的汇报演出。Wing 很得意地向我眨着眼睛，告诉我那些学生演奏得多好，而且给他留了最好的座位，送给他小饼干吃。Wing 唯一不能舍弃的，是母亲收藏的几十颗宝石。我们挤在一盏小小的台灯下，Wing 小心地打开一个丝绸包裹的盒子，给我看蓝丝绒上那些用细线固定的美丽石子。他让我一颗颗拿在手上端详，告诉我，这是红宝石，那是祖母绿。他指示我看中间偏折的光线，内部悬浮的"云絮"，冰晶底下的晕轮，猫眼侧面的丝缕。我走神想起他不断丧失的一生，内心充满着悲伤和快乐。

我们坐在 Wing 的公寓里，想象他年轻时坐拥书城的样子。三十岁的 Wing 在相框里看着我们，有着厚厚的嘴唇和严肃的眼睛。大学毕业时设计的机器人静静地站在一堆杂物背后，轻轻碰一下，还能行走几步。他把音响打开请我们听贝多芬的奏鸣曲，电流声从背景中刺穿出来。我扭头看见 Wing 陶醉不觉的神色。他的耳朵已有些迟钝。

三

回国之后，我非常想念 Wing。我常常想起温哥华春日树荫里的那个下坡路，只要一拐弯，Wing 就微笑地站在路口，穿着他的灰色夹克衫。我也想起当我蒙头蒙脑地一边喝咖啡一边翻旧书时，他笑着夸我优雅。我还想起他带我们去一个岛上，有很多很多的艺术品商店，我们每一家都逛过，每一家都喜欢。最后我的想念停留在那碗越南牛肉粉上，无比清亮，无比香美，鲜绿的叶片正被筷子带入汤底。

于是那年寒假，我决定去越南。在河内吃到第一碗牛肉粉时，我才知道我是来找 Wing 的。那天下着雨，坐在剑湖边一间小小的越南粉店里，我不停摆弄着柠檬角和罗勒叶，想在一碗热汤里找回温哥华的记忆。一周之后，我终于吃腻了越南粉，也忘了 Wing。然而当旅游大巴把我带到会安时，我又激动起来。在会安的乡野之间，遍布着古代中国商人的庙宇和会馆。我坐在大榕树下，看着那些现代越南人已经不能识读的中文楹联，觉得一定要给 Wing 写一封信，告诉他，那个你曾经生活过而后来又离开了的南方中国，在会安的河流与稻田间留有它的影子。

离开会安前一晚，我在海边玩耍。一个与 Wing 同样年龄的老人从椰树的阴影里走出来，请我去他的店铺喝茶。他把店开在一家五星级酒店的院内，卖克什米尔地毯。他说他是流亡的克什米尔人，妻子和家人都在故乡。他把晒干的香草揉碎在茶杯里，倾倒进去热牛奶和带着柑橘味的红茶，然后递给我。他问我说："你觉得克什米尔属于印度还是巴基斯坦？"

流亡的克什米尔人无法再回到家乡，而 Wing 说自己不愿再踏入故园。但是第二年夏天，他去香港赴宴，却决定顺道去上海看望他的两个小朋友。时间一半留给师兄，一半留给我。我们无法劝 Wing 多留几天，因为他已经订好了去欧洲的机票，在上海的停留是真正的转机停留。我们早就在信件里约好去苏州。在这 40℃ 的天气里，到了苏州，我们却只能坐在贝聿铭设计的苏州博物馆里吹着空调聊天。Wing 想打开平板电脑给我看他翻译的诗歌，但是网络却连不上。他环顾四周，毫不犹豫地走到唯一的一个西方人旁边，拍着他的肩膀询问 Wi-Fi 密码。

那是一首加拿大人的诗。Wing 说，当他最初来到加拿大，每天日夜开着录音机恶补听力时就听到了这首诗。诗人厄尔·伯尼（Earle Birney）爱上了一个年轻的华裔女律师，度过了幸福的半生，而后当他老去时，就给妻子写了这首名为《终场》（*End*）的诗。如果我没记错的话，Wing 是这样翻译的——

蔚兰我爱，

在你的春天。

你执我的手，

走入我茫茫的雪野。

现在，

你必须往回走，

夏日依然为你等候，

让阳光充满，

让盛夏持久……

四

盛夏的苏州，街上很少有孩子。Wing 四望这他已不再熟悉的土地，低声问我是不是老龄化已经到来。我不知道应不应该以及以何种方式展开这个话题，只能说小朋友们都和爷爷奶奶待在家里避暑。他忽然想给我讲一个故事。

我和师兄离开加拿大后，有一段时间，Wing 在公寓里弹琴时，会觉得门口有声音。有一天，敲门声响起了，似有似无，轻而迟疑。他走过去开门，低头看见一个很小的小男孩缩在门边。小男孩腼腆地说："我可以看你弹钢琴吗？"于是 Wing 请他进入公寓，弹琴给他听，帮他坐在琴凳上，鼓励他触摸琴键。

接下来很多天，每天傍晚小男孩都会来敲 Wing 的门，告诉 Wing 白天学校里的事，有时候很开心，有时候小男孩说着说着就哭了。Wing 听完这些故事，弹一段新的曲子给小男孩听，或者是小男孩哼一段自己的旋律，Wing 帮他弹出来。他们就这样玩着钢琴，渐渐地 Wing 发现，简单的曲子，小男孩一遍就会，而且他是这样痴迷这个新玩具。直到有一天，Wing 觉得，到了必须决定是不是认真教他的时候了。

Wing 牵着小男孩的手，去敲楼下一间出租公寓的门。开门的是男孩的妈妈，一个刚刚移民到加拿大人的马来人。她忙着做工，挣钱，活下来，没有时间弄懂儿子和这个老爷爷之间的事。等她搞清楚便一连串发问，"不要钱吧"，"没给你添麻烦吧"，"他真的想学吗"，"那你就教他吧"。小男孩就成了 Wing 的正式学生。

那天傍晚，从苏州博物馆出来，我们把大部分的时间都用来讲这个小男孩的故事。当时我想：是不是有一天，我可能把这个故事写出来，甚至是拍出来？关于 Wing 的故事，当我离开加拿大时，我以为会把结尾定格在他背对着夕阳退入森林的时刻。但我从未想到，在未来的岁月里，会有这样一个小男孩敲响他的房门和琴键。我们讲完这个故事，走在苏州夏夜的街道上，心中灌满了温柔。

Wing 回上海转机去欧洲。在火车站分别时，Wing 说："如果有一天你要和男朋友或者女朋友去欧洲玩，可以邀请我一起同行。"

五

圣诞，我打开邮箱，看到 Wing 的信。

我还活着哪。正在试着让自己忙起来，尽管有这样那样的问题，主要是眼睛和耳朵坏了。现在好像稳定了。不过谁知道呢？我们广东人说："年纪大，机器坏。"小男孩还在学琴，进步真大。他和我差不多高了。去年夏天，他去考皇家音乐学院的四级考试，考了第一等。我真满意。现在他在学六级，还准备考八级。因为要帮他准备考试，去年夏天我没有去任何地方，但我欣慰啊，我有了这么好的学生。今年夏天我想我依然哪儿也去不了，还是要继续帮他学音乐……

信是英文写的，在我的翻译中失去了 Wing 亲切的语调。温哥华街巷的影像在我的眼前叠合起来；那间清冷的公寓，门旁干瘪的土豆，公寓楼外阳光中大片明亮的绿色，春天明月下的海洋；然后是一个夏日接连着一个夏日，Wing 捧着一纸匣 CD 从市立图书馆的台阶走下，步履匆匆；Wing 转头对我说，我多么高兴在暮年获得一个这样杰出的学生，我愿意陪伴他每一个学习音乐的夏天，看他渐渐长成，与我比肩。

我忽然想起有一天 Wing 带我们去过的一个海边公园。大学时代的 Wing 刚刚来到加拿大，他每天带着一本书来到这里跑步，看太平洋在一侧波光闪烁，另一侧是原始森林的松涛。他和其他学生一样，激动地等待通过考试，完成毕业狂欢的传统——在夜里把那尊用铜链锁在底座上的雕像运走藏起来。

我们站在那片山海之间，听 Wing 讲他年轻时的故事，仿佛山海都是我们的。Wing 转过头对我们说："你们会再来加拿大吗？如果你们回去拥有了一份不错的工作，会留在那里吗？"

　　而那时我问自己的是，如果在这山海之间，遇见年轻奔跑着的Wing，我会拥抱他吗？

随时间而来的真理

　　心灵的困境对于人是否具有意义？虽然中国素来有"欢愉之词难工，愁苦之言易好"的文论传统，但在现代，心灵困境不再被视为创造的来源，而成了必须用药物压制的痼疾。对心灵困境的羞耻将个体陷于更深的孤独之中，为排遣孤独，人们寻求浮光掠影的联结。只要话题在不断翻新，偶像或敌人在持续登场，自我的碎片似乎就能够黏附在这些肥皂泡的表面，形成整全的假象。在如此饥渴的欲求下，传统文化几乎也被拿来当作一颗最大的泡泡，试图继续黏合支离破碎的个体。

　　但当人们想要以接受流行文化的方式来接近古代诗歌时，古代诗人们却在纸页的深处向每个现代读者呼喊：去正视你的破碎，去把你生命的碎片从肥皂泡表面取下来，拼装成你自己。那些听从召唤、弃绝依傍的人就被打回"逐臣弃妻、朋友阔绝、游子他乡、死生新故"的身份，于是发现日复一日的生活，意义不过就是如何在"草盛豆苗稀"的战斗中坚持下去，在沮丧和疲惫的间隙中，再去为自己栽培的豆苗松一锄土，浇一瓢水。陶渊明《归园田居》中这个天才的象喻，告诉我们生命不在于它集结的规模，而在于它自持的努力，感知的自由，更新的可能。

不知道为什么，2021年初，我两年前在"一席"上演讲的一段视频被广泛传播，而这段演讲没有讲任何光明的道理。我大概只是去注意了古代诗人们面对困境时那些小小的挣扎。很多人却说，他们被这些古代诗人打动了。我想这是因为有些古代诗人，出自本真，无法去用他们那个时代流行的方案回避自己的困苦。他们用冥搜穷讨栉风沐雨的一生换取了不被轻易点化的权利。他们对自身心灵困境的开放程度和诚实质朴的感受方式，给了现代人一个榜样，使我们意识到原来可以这样自然地去面对生老病死。

我曾在朋友的喜宴上，接受他正从癌症中恢复的父亲的感谢。老先生举着酒杯穿过人群向我走来，赞叹我长得和我母亲年轻时一模一样，随后说道："我们一群老年人很喜欢你那个演讲，特别是一群鬼魂坐在自己的墓碑上聊天那段。"在短暂的、如恶作剧被长辈发现般的尴尬之后，我忽然感到一种亲近。每代人都在滚滚的时间中，来不及把每个阶段都过得清晰而体面，生命就已明白无误地流逝了。而允许自己如实体验"人生天地间，忽如远行客"或"朝为媚少年，夕暮成丑老"的字面意思，却可以涉入生命过程的整体，并通过分享彼此的脆弱来接近整全。

2021 年 4 月 3 日于无锡

大家好，我叫黄晓丹，我是一个有点不务正业的中国古代文学专业老师。2019 年暑假，我出版了一本书叫作《诗人十四个》。这本书出版以后，我每天都很忐忑，因为我很怕同事发现我写了一本这样"不伦不类"的书。这其实不能怪我，因为我们在大学里面讲中国古代文学是这样讲的：先讲时代背景，再讲文体发展，再讲作家作品，再讲文学史意义。但一般读者不需要这样的知识，他们想知道的是我们今天遇到的这些烦恼，古人是不是也遇到过，他们是怎样面对的。好的诗歌之所以有生命力，之所以几千年后人们还在背诵，还在讲解，就是因为它们关注的是人生中一些最普遍的问题。这些问题被叫作"终极问题"。

"终极"是什么意思？它不是说像要不要使用心脏起搏器和要不要插管这样到了人生最后一刻才会碰到的问题，而是指那些你从生下来就在它的阴影之下，使你"从来不需要想起，永远也不会忘记"的事。存在主义心理学家欧文·亚隆把"终极问题"合并同类项简化成四个，就是"死亡、孤独、无意义和自由"。其中关于孤独的问题，欧丽娟老师在"一席"已经有精彩的演讲。《诗人十四个》中也有一章，用张九龄和陈子昂两位诗人来讲两种孤独，一种是清冷的孤独，一种是丰富的孤独。所以我们今天跳过孤独，把时间用来讲死亡、无意义和自由三个终极问题。

一、死亡

有一年，我开学点名，点到一个学生的名字，教室里沉默了一会儿，然后角落里有个同学用很轻的声音说："老师，她死了。"这个学生死得这么突然，连点名册上的名字都还来不及消掉。在这种时候，我们就会去思考死亡到底是什么。那么除了亲身的经历外，文学作品就成了我们思考死亡时最好的一种素材。

陶渊明是我最喜欢的一个诗人，他可能是中国诗人中，最喜欢思考死亡的。他在活着的时候给自己写过一组《拟挽歌词》。什么是挽歌词呢？就是在汉魏时期，人们在丧葬仪式上需要为死者唱歌，这个唱歌的内容和我们现在农村的哭丧——把死者一生做的好事、受的罪念唱一遍——不一样，也不像哭丧那么情绪激动，而是很冷静地唱着当时的人对死亡的思考，他们思考的主要问题就是死后的生命去了哪里。

汉魏时期最著名的两首挽歌，一首叫作《薤露》，一首叫作《蒿里》。"薤上露，何易晞。露晞明朝更复落，人死一去何时归。"翻译成现代文就是在问：草叶上的露水，为什么那么容易干呢？可是今天早上的太阳把露水晒干了，晚上还有新的露水落在草叶上，为什么人一去就再也不回来了呢？

《薤露》这首是王公贵人的葬礼上专用的。为什么人们觉得连帝王将相的生命也还不如一颗露水呢？因为从东汉开始，到陶渊明生活的东晋，一直到后来的南北朝，都是很糟糕的时代，那个时候的人平均寿命特别短，大概只有三十多岁，人们不是死于战争，就是死于瘟疫，王公大臣也没好到哪里去，常常会因为篡位和内斗而死。人们应付死亡的办法，一是花天酒地，及时行乐；二是炼丹修道，幻想成仙；三就是生孩子，希望自己虽然死了，但总有子孙记得。可是陶渊明认为这些对付死亡恐惧的办法都经不起推敲。

我们看他写的《拟挽歌词》。"荒草何茫茫，白杨亦萧萧。严霜九月中，送我出远郊"。前半首都是在想象自己死后出殡的景象，时间是在肃杀的秋天，大家心情都很沉重。可是陶渊明是个很有幽默感的人，他想，等他被埋在坟里之后会怎么样。那就是"幽室一已闭，千年不复朝。千年不复朝，贤达无奈何。向来相送人，各自还其家。亲戚或余悲，他人亦已歌"。

前几年我的一个姨公去世，我们无锡的风俗是天不亮就要去送殡，等到太阳出来，人已经送到火葬场烧掉了。大巴车把前来送殡的亲朋好友送去饭店吃中饭，殡葬公司的乐队已经演奏起《今天是个好日子》《喜洋洋》，车上的人都是些好久没见的亲戚朋友，已经开始很高兴地互相寒暄，约下午去你家玩还是去我家玩。

那时我深深感慨陶渊明说得真是准确啊，真的是直系亲属可能还有一点忧伤，其他人都已经唱起歌来了，然后人们各自回到自己的小家庭，过起自己的日子来。因此陶渊明说，靠成仙、靠喝酒、靠指望子孙记得来对抗死亡都不是办法，真正的办法是我们应该有一种觉悟，在自然的万事万物中，看到生命的流转，生命的生生不息。这样当你想到死后被埋在地下时，你能够感到：我只是换了生命形式来存在，甚至我获得的可能是一个永恒的生命，看起来和山川一样无言无语，但是同时也和山川一样永恒。

陶渊明笔下的人是"有生必有死，早终非命促。昨暮同为人，今旦在鬼录"，但陶渊明笔下的自然却是

"天地长不没，山川无改时"。在这自然之中，当春天到来时，地下的小虫子像会被雷声吓一跳的小宝宝，"众蛰各潜骇"，地上的小草似横七竖八伸懒腰的小孩子，"草木纵横舒"。小鸟则在枝头收拢羽毛，"翩翩飞鸟，息我庭柯。敛翮闲止，好声相和"。

我想熟读陶渊明是可以帮助人减轻死亡的恐惧的。因为陶渊明的笔下，一草一木都有情，一草一木都有人性，所以你看得多了，就会觉得不一定要确定下辈子能变成人。如果变成陶渊明笔下的小虫子，或者一棵在春风中随意舒展身体的小草，也不错。

回到我们刚才讲的那个消失在点名册上的女孩子的故事。她是自杀的。我们所有人，包括学校、家长和同学，都不能理解她为什么要自杀。没有任何理由，也没有任何显而易见的挫折，但那个很美很优秀的学生就去世了。这种不知道原因的死亡对我们所有人来说，都是一种创伤。但对我自己来说，当我在那个春天上课的时候，有时忽然听到教室外面的树上有一只小鸟在啼叫，我就会想，如果那个姑娘变成了一只小鸟也好啊。她就只是换了一个形态，但还是和我们在一起。

　　我前几天开车路过一个楼盘。它在无锡城出城刚到达太湖边上的地方，另一边是一座叫青龙山的山。这个楼盘是很精美的别墅，但是卖得很便宜。因为青龙山上遍植松柏，是无锡的公墓所在地，我外公就葬在那里。他的所有好朋友分成两种，一种是已经葬在那里的，还有一种是即将葬在那里的。

　　前天傍晚当我经过那个楼盘时，我忽然想起了一首诗："北邙山上列坟茔，万古千秋对洛城。城中日夕歌钟起，山上唯闻松柏声。"这是唐代沈佺期的诗，讲的是洛阳的公墓所在地北邙山。以前我们的文学书上总是说，这首诗是和《薤露》差不多的意思，讲富贵荣华不能长久。所以当你在城里做一个荣华富贵的活人，在日暮的时候准备去酒吧嗨起来的时候，你要记得百年之后你就会躺到山上松柏下的坟墓里去，所以你不要嗨得那么过分。

　　但前天因为我经过的时候在想着演讲的内容，就忽然间觉得，"城中日夕歌钟起，山上唯闻松柏声"，也挺好的。既然山上埋着的是我们所爱的那些人，而他们现在已经不痛苦了，在月明之夜，坐在各自的墓碑上聊聊天，听听松柏的声音，同时看顾着山下的我们的生活。那也很不错啊，住在那里应该相当安全啊。那个时候我忽然有一个想法，等我有钱了，可能可以把房子换到青龙山对面的那个小区，去买一个别墅，在傍晚的时候，一只耳朵听着人间的欢乐，一只耳朵听着山上的松柏声。

二、无意义

西方人喜欢和墓地比邻而居。我在加拿大留学时，住处旁边就是一个墓地，傍晚时每个墓碑前就会有一支小小的蜡烛亮起来。在墓地里散步，人就会自然而然地思考人生的意义。这叫作"以死观生"。以死亡的角度审视人生，我们首先会产生的是一种怀疑，怀疑人生可能是没有意义的。

中国古代最有名的小说《红楼梦》结尾是"落了片白茫茫大地真干净"，这当然是一切无意义的象征。最有名的戏曲《桃花扇》里也有一首点明主旨的曲子："俺曾见金陵玉殿莺啼晓，秦淮水榭花开早，谁知道容易冰消！眼看他起朱楼，眼看他宴宾客，眼看他楼塌了！"这是讲明代灭亡之后，那些曾经在明代做过官、反对过阉党的文人士大夫再次到了南京，发现国破家亡，南京已经是一片断瓦残垣了。把人生意义寄托在男女情爱或者家族盛衰上不靠谱，把人生意义寄托在社会进步上也不靠谱。那什么是靠谱的呢？这点上，生活在最不进步的时代的陶渊明最知道。

陶渊明有一首《荣木》我很喜欢。荣木就是木槿花，古人认为这种花的寿命只有一天，所以又叫它瞬华，就是一瞬间的芳华。陶渊明觉得，我们人生就和这种木槿花一样，那么脆弱，那么渺小，那么难以把握命运！那我们人生的意义在哪里？陶渊明神奇的地方在于，他没有添加任何新的东西，只是把荣木的生命用不同的叙述方式说了两遍，就显现出了同一种生命，具有有意义和无意义两种可能。第一节他说"采采荣木，结根于兹，晨曜其华，昔已丧之"。他说这朵花早上还在炫耀自己的花朵，晚上就已经凋落了，因此生命对于它，就像是一个笑话；第二节他换了一种说法，他说"采采荣木，于兹托根，繁华朝起，慨暮不存"。这次，这个荣木一大早就知道自己晚上要凋落，所以它在叹息，在思考，这一生要做什么选择。你们看，死亡催促荣木产生了对于意义的思考，它就变成了意识的主体，而不是臣服于死神的芸芸众生。所以它进行了一个主动的选择："匪道曷依，匪善奚敦"。陶渊明的逻辑比较奇怪，他的逻辑不是有好报所以我才行善，而是既然生命短暂而虚无，我就干脆去做我认为是对的事吧。陶渊明的选择用民间的话来说，叫作"但做好事，莫问前程"，用我的老师叶嘉莹先生的话来说，叫作"以无生之觉悟，为有生之事业"。

陶渊明是用道德承担来战胜虚无，创造意义；王维则是用审美体验来战胜虚无，创造意义。王维出身的太原王氏，属于唐代"五姓七望"之一。王维很年轻就状元及第，官运亨通。当官之余，他在陕西蓝田买下很大一块地产，要为自己修建别墅。这块地有多大呢？大到包括了一条河、一个湖、湖两边的山和山下的农田。这个地方叫辋川。王维在修建别墅时，就写了这样一首诗："新家孟城口，古木余衰柳。来者复为谁？空悲昔人有。"意思是说：我的新居原来是初唐著名诗人宋之问的产业。他才死了没几十年，他的别墅就已经废弃了，变成古木衰柳了。我为他悲哀，但我也知道几十年后，我也逃脱不了这样的命运。

王维把辋川当作一块必将失去的土地来经营，并不太在意把房子造得多金碧辉煌。他知道造一个豪宅传给后代是没有意义的，获得多少名誉也是没有意义的，所以他尽量地享受这块土地上的春夏秋冬，与朋友唱和，和农夫聊天，享受自然的美，观看生命的神奇。

《孟城坳》是《辋川集》里的第一首，干脆悲观到底，后面十九首反而充满了生机和趣味。比如大家最熟悉的"木末芙蓉花，山中发红萼，涧户寂无人，纷纷开且落"。这首诗写得这么美，花开了又落，落了又开，好像永远开不完，春天永远不会过去。他把在辋川生活的经验转化成了艺术创作，写出了第一流的诗，画出了第一流的画，然后他把辋川别墅整个捐献给了寺院。这就是一个在无意义中创造出意义的过程。

三、自由

要在很短暂的生命里，把自己从琐事中拔出来，从无意义中创造出意义来，它的关键就是自由。我今天想向大家展示三个诗人的不同的自由。

"懒摇白羽扇，裸袒青林中。脱巾挂石壁，露顶洒松风。"大家猜一下，这是哪个诗人写的？这是李白写的。他讲的是夏天很热的时候，那些当官的人还要一本正经穿着官袍，满头大汗地办公，但是他不用啊。我们不是觉得诸葛亮摇着羽毛扇潇洒吗？但李白更潇洒，他连扇子都懒得摇，他把自己脱光光，让树林给他扇风。不但不在乎当官，甚至连名誉也不要了。李白之所以被叫作诗仙，原因之一，就是他表现得无拘无束，想干吗就干吗。当看到一个人如此自由时，老百姓就会说他过得和仙人差不多。小孩子很想要这种自由，所以老师就骗他，你到了大学就自由了；成年人也很想要这种自由，所以传销组织就骗他去获得财务自由。

这种自由是指摆脱外在约束，但事实上，完全摆脱外在约束是不可能的，就算李白已经脱光光，但只要一只蚊子就能让他落荒而逃。所以，我们的心智发展到一定阶段，就得去发现另一种更可把握的自由，那就是选择的自由。

我们来看第二首诗："不辞鹍鹕妒年芳，但惜流尘暗烛房。昨夜西池凉露满，桂花吹断月中香。"鹍鹕就是杜鹃，传说古蜀国的国王杜宇失去了自己的国家，就变成一只杜鹃鸟日夜啼叫，他啼叫得太伤心了，所以喉咙里的血滴下来染红了大地上成片成片的鲜花，这种花就得名叫杜鹃花。杜鹃花在春天开放，花期只有两三周。所以屈原在《楚辞》里说，当春天到来的时候，希望花慢慢地开，因为花开完了，春天就要过去了。但是李商隐反过来讲，他说："我不怕杜鹃鸟啼叫，也不怕杜鹃花盛放，因为我愿意过那种短暂盛放然后就凋零的人生。""但惜流尘暗烛房"，烛房是蜡烛燃烧时那个小小的火苗，它像个小房子，所以叫烛房。如果蜡烛芯的灰烬堆积在蜡油中，烛火燃烧得不太热烈，烛房就会比较小，但这支蜡烛可以烧得较久。如果烛芯优质，没有任何"流尘"干扰，烛火就会烧得很热烈，但蜡烛很快便会烧尽。问题在于你的人生愿意如何选择，是短暂炽烈地燃烧，还是长久地不温不火？李商隐表示他要选择热烈燃烧。这首诗中最打动人的，其实不是他选了哪个选项，而是他在选择时，所表现出的那种无怨无悔的决断的力量。这种力量表现在"不辞""但惜"所体现的决绝的口吻中，也表现在他对选择带来的结果有着充分的甚至是极端化的估计。他愿意为了这个选择付出缩短生命的代价。那么这首诗的后半首说的是什么呢？我觉得它说的是感觉经验的扩大，是感官自由被唤醒时，极其丰富、热切、敏感的状态。这种状态有点像我们在热恋时或者喝得将醉未醉时的状态。因为感觉经验扩大了，所以每一滴凉露、每一阵带着桂花香味的晚风，都没有让它忽略过去，都没有变得平常。正是在这样自由而充沛的情感体验之中，人获得了勇气和力量，去主动掌舵自己的人生。

李商隐所表达的这种自由的核心就是去追求，但我觉得这种自由有一个更高的形式，就是不去追求的自由。王维有一首诗就是在写这样的一种自由。

"轻舟南垞去，北垞淼难即。隔浦望人家，遥遥不相识。"前面我们讲到王维隐居的辋川，辋川那里有一个湖叫欹湖，湖的南面有一座小山，就是南垞，北面有一座小山，就是北垞。有一天，王维驾舟从南垞出发，想要去看看湖对岸的烟雾迷蒙之中，到底有些什么。小船航行了很久，到了湖中央，王维却忽然决定停下来。虽然他对对岸还是有很多的向往，但是他忽然决定让对岸留在对岸，让未知留在未知，那个对岸他登不上去就登不上去了，那些对岸的人没有机会认识就没有机会认识了。这就是"隔浦望人家，遥遥不相识"，王维停留在"不相识"这个点上，就把这首诗写完了。

这首诗也是《辋川集》中的。《辋川集》二十首诗构成了一个生机勃发的世界，每一首都是写辋川别墅中的一个景点，只有这首，写的是一个没有到达的景点。所以当我一首首看下来，读到这首时我觉得非常感动，因为我觉得追求理想固然值得表彰，但有的时候，决定不去实现那些唾手可及的理想则需要更大的智慧。它需要有对自己欲望的观察，需要有意志的力量，也需要有接纳遗憾的能力。如果王维全部的作品都是如此，这首诗可能也并不会特别吸引人，但正因为《辋川集》整体是一个生机勃发的世界，是各种自由自在的集合，所以这首讲停下来的诗才特别深刻。

第一流的作品中都有一种反向的力量。关于抵达的作品中，要有不抵达才好。同样，大家都看过复仇故事，可是复仇故事中最有力量的设定，就是放弃复仇。大家也都看过科幻故事，可是科幻故事中最深刻的设定就是怀疑科技。这种反向的力量，其实是一种做减法的自由。当我们生活的环境被太多的理想和欲望塞满时，当我们在立更高的志向、做更多的工作、挣更多的钱、买更多的东西时，我们误以为我们是自由的。但如果我们不能够和某些东西保持"遥遥不相识"的距离，我们其实只是欲望的奴隶。在这种情况下，真正的理想其实是没有生存空间的。

当我们是小孩子时，我们想要没有人管的自由；当我们进入青春期，就会希望有追求自己所爱之事的自由；而中年人则像一棵秋天的大树一样，要去抖落那些不必要的树叶。叶芝有一首诗叫作《随时间而来的真理》，他讲的，就是在经历了死亡、虚无和孤独之后，反而拥有了选择的能力，获得了真正的灵魂富足。他说："穿过我青春所有说谎的日子。我在阳光下抖掉我的

枝条和花朵。我现在可以枯萎而进入真理。"我想这首
诗，正是对所有关注终极问题的读者最好的安慰。

（2019 年 10 月 27 日在"一席"的讲演）

图书在版编目（CIP）数据

谁能看见前面有梦可想 / 黄晓丹著 . -- 北京：中信出版社，2023.11（2025.1 重印）

ISBN 978-7-5217-5873-3

Ⅰ . ①谁… Ⅱ . ①黄… Ⅲ . ①随笔 – 作品集 – 中国 – 当代 Ⅳ . ① I267.1

中国国家版本馆 CIP 数据核字 (2023) 第 132389 号

谁能看见前面有梦可想

著者：　　黄晓丹
出版发行：中信出版集团股份有限公司
　　　　　（北京市朝阳区东三环北路 27 号嘉铭中心 邮编 100020）
承印者：　北京美图印务有限公司

开本：787mm×1092mm　1/32　　印张：9　　字数：131 千字
版次：2023 年 11 月第 1 版　　印次：2025 年 1 月第 3 次印刷
书号：ISBN 978-7-5217-5873-3
　　　　　　　　　定价：52.00 元